愛を宿したよるべなき聖母

エイミー・ラッタン 作
松島なお子 訳

JN259529

ハーレクイン・イマージュ
東京・ロンドン・トロント・パリ・ニューヨーク・アムステルダム
ハンブルク・ストックホルム・ミラノ・シドニー・マドリッド・ワルシャワ
ブダペスト・リオデジャネイロ・ルクセンブルク・フリブール・ムンバイ

PREGNANT WITH THE SOLDIER'S SON

by Amy Ruttan

Copyright © 2014 by Amy Ruttan

All rights reserved including the right of reproduction in whole or in part in any form. This edition is published by arrangement with Harlequin Enterprises ULC.

® and TM are trademarks owned and used by the trademark owner and/or its licensee. Trademarks marked with ® are registered in Japan and in other countries.

Without limiting the author's and publisher's exclusive rights, any unauthorized use of this publication to train generative artificial intelligence (AI) technologies is expressly prohibited.

All characters in this book are fictitious. Any resemblance to actual persons, living or dead, is purely coincidental.

Published by Harlequin Japan,
a Division of K.K. HarperCollins Japan, 2025

エイミー・ラッタン

カナダのオンタリオ州トロントの郊外で生まれ育つ。憧れのカントリーボーイと暮らすために大都会を飛び出した。2 人目の子供の誕生後、ロマンス作家になるという長年の夢をみごとに実現。パソコンに向かって夢中で執筆しているとき以外は、3 人の子供たちの専属タクシー運転手兼シェフをしている。

主要登場人物

イングリッド・ウォルトン……………整形外科医。
フィロミナ・レミンスキー……………イングリッドの友人。がん専門医。愛称フィル。
シャロン・ダグラス……………………イングリッドの主治医。産科医。
クリント・アレン………………………外傷外科医。
ジェイス…………………………………イングリッドとクリントの息子。
ドクター・スティーン…………………ジェイスの担当医。新生児科医。
ドリス・マローン………………………ジェイスのベビーシッター。
ドクター・ウォード……………………イングリッドとクリントの上司。外科部長。
ハイディ・ウォルトン…………………イングリッドの母親。
ミスター・ウォルトン…………………イングリッドの父親。
マリア……………………………………クリントの家の家政婦。

プロローグ

「ちょっと。見てよ、あの人！」

「どの人？」イングリッドは薄暗いバーの店内に目を走らせた。彼女は医療現場で働く仲間たちに、昇進を祝ってもらっているところだった。

「あの男の人よ。ほら、あそこの端にいる」フィロミナはそう言うと、猫が喉を鳴らすような声をもらし、きれいにマニキュアを施した指をかぎ爪のように曲げた。「あの人と一緒なら、一晩中うっとりして喉を鳴らせそうだわ」

　イングリッドは座ったまま向きを変えた。そしてその男性——尊敬すべきがん専門医、ドクター・フィロミナ・レミンスキーを甘い気分にさせた男性が目に入ったとたん、カクテルに添えられていたさくらんぼを喉に詰まらせそうになった。

　軍用の作業服を着た背の高い男性が、バーカウンターの端の席に座っている。そのたくましい姿に、周囲にいる女性たちはみんなうっとりしているようだった。髪は丸刈りだが、眉毛の色から黒髪だとわかる。もっと髪が長ければ、いかにも色男という雰囲気が出るだろう。とはいえ、短く刈った髪は彼にとても似合っている。

　彼にはどこか近寄りがたい雰囲気があった。だが、周囲と関わるのを拒絶しているようなその雰囲気こそが、女性を惹《ひ》きつけてしまう。

　店内にはほかにも十人ほど兵士がいたが、彼は誰とも話さず、隅に設置されたテレビをじっと見つめていた。

　陰のある寡黙な長身男性はイングリッドが好きなタイプだ。ミスター・ロチェスターやミスター・ソーントン、そしてミスター・ダーシーといった小説のヒーローが好きなことが関係あるのだろう。

　イングリッドの視線に気づいたかのように、彼がテレビの画面から目を離して彼女のほうを見た。二メートル近く離れていても、その目が澄んだ青色なのがわかった。明るい色の情熱的な瞳に、イングリッドは吸い込まれそうだった。

　頬が熱くなり、すばやく顔をそむける。

　私ったら、いったい何をしているの？

　こんなのは私らしくない。私はバーで見知らぬ男性を引っかけたりしない。内向的すぎてそういうことはできないのだ。イングリッドが打ち解けて話せるのは、仕事仲間である医師や看護師、そして担当している患者たちだけだった。

　私が力を注いでいるのは仕事であって、男性ではない。

　だからいまでもバージンなのだ。

でも、ラピッドシティ・ヘルス・サイエンス・センターの指導医の地位につけた。

　目標を一つ達成できた。

　だからこそ、今夜は同僚たちとカントリーウエスタンバーにいるのだ。私の昇進を祝うために。男性といちゃつくためじゃない。

「あら、彼の興味を引いたラッキーレディがいたようね」フィロミナがイングリッドの耳元でささやいた。

　イングリッドが横目でちらっと見ると、彼はこちらを見つめていた。そして笑みを浮かべた。その歪《ゆが》んだ笑顔があまりにもセクシーで、イングリッドの脈と心が乱れた。

　きっとアルコールのせいだわ。

　イングリッドはまた目をそらした。顔が赤くなっているのが自分でもわかる。

「どうしたのよ」フィロミナが言った。「彼、こっちに来るわ。話しかけなさいよ」

「無理よ」イングリッドは小さな声で言った。「何を言えばいいの？」

「それを飲み干して、こんにちはって言うの。きっとお代わりをおごってくれるわ」フィロミナはそう言って離れていこうとしたが、イングリッドは彼女の腕をつかんだ。

「置いていかないで。私、男性と話すのは得意じゃないの」

フィロミナはにっこりして、イングリッドの手を腕から離した。「大丈夫だって。たまには人生を楽しまなくちゃ」

そうよね。たまには人生を楽しまなくちゃ。

だが、イングリッドは人生を楽しめと言われて育ってはいなかった。

イングリッドの父は彼女に、決して危険を冒してはいけないと教えた。堅実にことを進め、価値のある立派な人生を送るべきだと言い聞かせたのだ。父は整形外科医について、胸部外科医や神経外科医に比べると価値が低いと考えていたが、それはたいしたことではない。とにかくイングリッドが絶対に取りたくないリスク――それは恋に落ちることだった。

恋に落ちるべきだなんて、誰も言っていないでしょう。

確かにそのとおりだ。

一目ぼれなんてまやかしだ。そんなのは信じない。恋愛なんて愚か者のすることよ。

いやだ。私ったらうろたえているわ。

イングリッドは急いでカクテルを飲み干した。アルコールで喉が焼けるように熱くなる。背後にたくましい体があるのを感じ、むせないよう努めた。コロンと、何かぴりっとした香りが漂ってくる。

「ここ、空いている？」

イングリッドが顔を上げると、カウンターの端にいたハンサムで陰のある兵士が、横に立っていた。

「ええ。どうぞ座って」声が詰まらないよう願った。緊張していることを彼に知られたくない。緊張しているどころか、店内がぐるぐる回り始めている。それがウォッカのせいなのか、それとも彼のせいなのかはわからなかった。

彼がイングリッドの隣に座った。「お代わりを注文しようか？」

「ええ、お願い」明日の朝は仕事がないとはいえ、一度にこんなにたくさんお酒を飲んだのは初めてだ。たまには人生を楽しまなくちゃ。

イングリッドはこれまで一度も、羽目を外して楽しんだことがなかった。心の奥底で自分の一部が、いますぐ逃げ出せと大声で警告している。だがその声よりも、チャンスを生かして人生を楽しめ、という声のほうがずっと大きかった。

ここに父がいなくてよかった。父がいまの私を見たら、母の話を持ち出して諭してくるに違いない。母が家族を捨てて出ていったのは、彼女が自由気ままで向こう見ずだったからだと。

「バーテンダー、ビールをもう一杯頼む。あと、こちらの女性に……」

「コスモポリタンをお願い」イングリッドは思わず口走っていた。

バーテンダーはうなずき、二人の飲み物を準備し始めた。

イングリッドは何を言っていいかわからず、目の前の湿ったペーパーナプキンをいじった。異性と話すのは得意じゃない。男性のそばにいると、必ず挙動不審になってしまう。

「僕はクリントだ。君の名前は？」

「フィロミナよ」思わず嘘《うそ》をついてしまい、イングリッドの胃がねじれるように痛んだ。兵士である彼がいずれ任地へ向かうのは明らかだ。今後会うことのない人に本名を教えてどうなるの？　彼と真剣な関係に発展するとは思えない。それに、私には恋愛をする時間などない。

恋愛はしたくない。

クリントは片眉を吊《つ》り上げた。「フィロミナ？　面白い名前だね」

「ええ。でも気に入っているわ」

彼はにっこりした。「僕も気に入ったよ。君に合っている」

「同僚と一緒に来たの？」イングリッドは奥のビリヤード台を顎で示した。

「そんなところかな」クリントは言った。「彼らに連れてこられたんだ。明日の夜には出航するんだから、その前に少しは楽しめとね」

「出航って、どこへ行くの？」

クリントはほほ笑み、二人の前に飲み物を置いたバーテンダーに礼を言った。「それは機密事項だ」

「そうなの？」

「ああ、場所や任務については教えられない。一年間、海外に駐在する予定なんだ」

「一年ね。うまくいくよう祈るわ」

彼はくすくすと笑った。「うまくいくよう祈るって、それだけ？」

イングリッドはまた赤くなった。毛根から爪先までほてるのがわかる。「ほかに何を言えばいいの？」

「言葉よりも、行動で示してほしいな」

「行動？」

「キスしてくれるのはどうかな？」

「なんですって？」

「出発前の兵士にはキスが何よりの激励になる」

「それって、いままで聞いた中で一番陳腐な口説き文句だわ」イングリッドは笑い声をあげた。

「おや。ということは、君はしょっちゅう男に言い寄られているんだね」

「まあ、もっとひどい口説き文句を聞かされたことはあるわ」

「じゃあ、君が言われた最悪の口説き文句を教えてくれよ」

イングリッドは眉をひそめた。「どうしようかしら。教えてしまったら、あなたはそれをどこかのうぶな女性に対して使うかもしれないでしょう」

「そんなことはしないと神に誓うよ」それを証明するかのように、彼は胸で十字を切ってみせた。「だから教えてくれ」

「〝僕をミルクと呼んでくれたら、君の体によいことをしてあげる〟」

クリントは噴き出した。「確かにひどい」

イングリッドは肩をすくめた。「言ったでしょう」

彼はにっこりした。「とはいえ、その男を責められないな」

「え？」

彼がイングリッドに体を近づけた。虹彩《こうさい》を縁取る濃い青色が、瞳をますます魅惑的に見せている。

「君のような色っぽい美女に、言い寄ってキスしたくなるのは当然のことだ」

イングリッドの息が苦しくなった。「あら」

「すまない。つい」クリントの瞳がいたずらっぽくきらめいた。

「少なくとも正直ではあるみたいね。それにあなたは、陳腐なミルクの口説き文句も使わなかったわ」

イングリッドはカクテルを飲み干した。「実を言うと、あなたの望みを叶《かな》えてもいいかなって思っていたの」心の中で理性が泣き叫ぶのが聞こえそうな気がした。とはいえ、理性以外の部分は歓声をあげていたが。

間違いなくアルコールのせいだわ。

でも、もしかしたら違うのかもしれない。ただ単に、私が自制心を失っているだけなのかもしれない。

「本当かい？」クリントは言った。「それは心引かれるな」

イングリッドはありったけの勇気を奮い起こし、クリントのシャツの襟をつかんで引き寄せ、彼にキスをした。体に電流が走り、熱情と欲望が込み上げる。やがてキスは深まり、欲望もあらわな激しいものへと変化していった。クリントは舌でイングリッドの唇を押し開き、互いの舌をからませ合った。イングリッドの頭はくらくらし、全身は温かくとろけた。クリントがうなり声をもらして腕をイングリッドの体に回した。彼はとてもたくましかった。

男性とキスした経験は何度かあり、どのキスもすてきだったが、今回はこれまでとは違っていた。

これは危険なキスだ。

唇が触れ合った瞬間、クリントは自分を見失った。こんな衝撃は予想していなかった。まるで血管をガソリンに浸していたかのように、全身の血がいっきに燃え上がってしまうとは。

積極的な女性はクリントの好みではない。女性が熱心に先へ進もうとすると、彼は身を引いてしまう。

クリントは主導権を握るのが好きだった。時間をかけて誘惑するのが好きだった。

だから、彼女が熱いキスをしてきたとき、いつものクリントなら彼女を押しのけるはずだった。だが、できなかった。

彼は明日、赴任先へ出発する。今夜は誰かと過ごすつもりはなかった。というか、同僚たちに誘われるまでは、そもそも基地の外に出るつもりもなかった。

クリントがここへ来たのはビールを飲むためだった。今夜はただビールを飲んで、いろんなことを考えずにいたかった。先週、母に海外赴任を伝えて泣かれてしまったことや、姪《めい》の初めての誕生日を一緒にお祝いできないことを。

だが、視線を感じたとき、彼は愚かにも振り返ってしまった。そして一人の女性が目に入り、思わず息をのんだ。薄暗いバーの中で、彼女の髪は黄金のように光り輝いていた。

彼女は自信に満ちあふれ、同時に、警戒心が強そうにも見えた。

クリントは挑まれているような感覚を抱き、気がついたら、彼女に近づいていた。火に引き寄せられる蛾《が》のように近寄り、彼女のブルーグレイの瞳にとらえられると、話しかけてしまっていた。

まさか彼女がキスしてくるなんて夢にも思わなかった。クリントは体を離すべきだったのにできなかった。彼女の甘いキスに溺れ、彼女の柔らかさに欲望を駆り立てられていた。彼女を永遠に抱きしめ、守りたいという気持ちになっていた。

彼女が欲しくてたまらなかった。

先に唇を離したのは彼女のほうだった。下を向いた彼女の額がクリントの顎をかすめる。彼は彼女の髪の香りを吸い込んだ。すがすがしい花のような、女らしい香りだった。

ますます欲望を刺激され、クリントは両手で彼女の背中を撫《な》でおろした。彼に触れられて、彼女の肌が震えた。

「ごめんなさい」彼女は息を切らしていた。

「謝ることなんて何もないさ」

イングリッドが顔を上げると、彼の瞳には獰猛《どうもう》な光が宿っていた。自分が獲物になったような感覚を抱いたが、怖くはなかった。彼のまなざしは、イングリッドの全身を熱く燃え上がらせた。

彼が欲しい。

おそらく、飢えた捕食者のような雰囲気をかもしているのは彼だけではなかった。イングリッドは、自分も貪欲な目つきをしているとわかっていた。

人生を楽しむのよ。

セックスをする直前までいったことは、これまで何度もあった。イングリッドはセックスをしたかったのに、いつも間際になっておじけづいてしまった。でも今回は違う。だって、こんなにも激しい欲望を抱いたのは生まれて初めてだから。

もう後戻りはしない。人生計画の中に結婚はなく、子供を持つつもりもない。惨めな子供時代を送り、両親の不幸な結婚の結末を目の当たりにしたせいで、イングリッドは結婚や子供を望まなくなっていた。特別な誰かに出会うのを待っているわけじゃない。死ぬまでバージンでいたいわけでもない。

年老いたときに、過去を振り返って後悔するのはいやだった。チャンスをつかみ、精いっぱい生きてきたのだと思いたかった。

どんな結果になるとしても、いまのこの瞬間を自分のものにすることはできる。一晩ぐらい情熱に身を任せたからって、心が傷つくわけじゃないわ。

勇気を奮い立たせ、イングリッドはクリントの手をつかんだ。「行きましょう」

彼は片眉を吊り上げたものの、バーの出口へ向かうイングリッドについてきた。「どこへ行くんだ？」

「このバーの隣にあるホテルよ」イングリッドはそう言って彼をいざなった。両開きのドアを抜け、ホテルのロビーへと入っていく。

クリントはイングリッドの体を後ろへ引いた。

「本気なのか？」

「本気よ」それを証明するために、イングリッドはクリントを壁に押し当てて、またキスをした。心の中の不安や疑いをすべて解き放つ。

彼が欲しい。

どうしようもなく。

クリントはイングリッドの背中を撫でおろし、ヒップをぐっとつかんで互いの体を密着させた。イングリッドの下腹部に彼の情熱の証《あかし》が押しつけられ、彼がうなり声をもらした。

唇を離すと、イングリッドは息が苦しくなり、少し呆然《ぼうぜん》としていた。

私、ホテルのロビーで、見知らぬ男性とキスをしてしまったの？

そのとおりだ。そして、とてもいい気分だ。

「部屋を取りましょうか」声が震えていた。

「その必要はない。僕は今夜ここに泊まっているんだ。これが最後のお楽しみさ」

「じゃあ、案内してちょうだい」

クリントはイングリッドを連れて廊下を進んだ。彼の部屋は突き当たりにあった。

イングリッドの心臓が、耳の中でこだまするほど激しく打っていた。いつもなら、この時点で分別が働いて逃げ出すところだが、今回は彼女の分別のほうがすでに逃げ出したようだった。

クリントがドアを開けて照明をつけた。イングリッドは部屋の中へ入った。彼がドアを閉めて鍵をかけると、イングリッドはまた彼を壁に押しつけ、キスをした。

今回は、途中でやめて、これからどこへ行って何をするのか話す必要はない。

ここには二人しかいない。いまから実行に移すのだ。

クリントはイングリッドを抱き上げた。イングリッドは無意識に両脚を彼のウエストに巻きつけていた。彼はイングリッドを抱いたまま、彼女の首筋に顔をうずめてベッドへ移動した。

「避妊具はある？」イングリッドは尋ねた。

「いつも持っているよ」

「よかった」

クリントはベッドにイングリッドを横たわらせた。

イングリッドはその瞬間をおおいに楽しんだ。彼女にとってこれは、無難な人生への抵抗だった。

　このひとときを、私はこれからもずっと覚えているだろう。

　明日になれば彼は行ってしまう。そして私には、ラピッドシティ・ヘルス・サイエンス・センターの指導医として勤務する日々が待っている。

　でも今夜だけは、私は彼のものだ。

　今夜だけは――このつかの間のひとときだけは、人生を楽しむわ。

1

七カ月後

「ドクター・ウォルトン、ドクター・ウォルトン、至急、救命救急室までお願いします」

　イングリッドはため息をついた。赤ん坊は猛然とおなかを蹴っているし、口のすぐそばには、大きなピクルス入りのチキンサラダサンドイッチがある。

　ちょうど整形外科の休憩室に入ってきて、どさりと腰をおろしたドクター・モーリーン・ホチキスのほうを、イングリッドはちらりと見た。

「ねえモーリーン、太った妊婦のかわりに、救命救急室へ行く気はない？」

「悪いわね」モーリーンは言った。「尺骨を骨折した患者のギプスを確認しに行かなくちゃならないの。それに、あなたは太ってなんかいないわよ」

「目が悪いのね」

モーリーンは鼻を鳴らした。「とんでもない。あなたがホルモンのせいで妄想に取りつかれているだけよ。さあ行ってきて。サンドイッチは私が見張っておくから」

「食べたらただじゃおかないわよ」

モーリーンはウインクした。「約束はできないわ」

イングリッドは笑い声をもらし、残念そうに息をつくとサンドイッチを置いた。立ち上がるのはつらくなかった。ふくらんだおなかは、いまのところ仕事に支障をきたしていない。だが数カ月後には、院内をてきぱきと動き回ることはできなくなるだろう。

精いっぱい頑張るつもりではいるし、いまは自分の体をコントロールできている。でもあと何カ月かしたら……いまはそのことを考えたくなかった。

イングリッドは伸びをして、救命救急室へ向かった。ありがたいことにそれほど遠くはない。着いてみるとそこまで忙しそうではなく、ベッドに横たわっている患者の中に、整形外科医が必要そうな人は見当たらなかった。

「誰が私を呼び出したの？」主任看護師のリンダに尋ねた。

「ああ、ドクター・アレンですよ。二十六B室にいます」

「私じゃないとだめなの？」イングリッドは唇を尖《とが》らせてみた。「フィルは？」

「ドクター・レミンスキーは休暇中です。それに、彼女は整形外科医じゃないですし」

そのとおりだ。フィロミナはがん専門医で、いまはカリブ海へのパッケージツアーに参加している。もともとはイングリッドが昇進したときに、二人で参加しようと計画していたツアーだったが、イングリッドはキャンセルせざるを得なかった。いまのイングリッドには〝人生を楽しんではいけない〟という新たな信条ができていた。もう二度と、向こう見ずなまねはするまいと心に誓っているのだ。

イングリッドはため息をついた。「そうだったわね。今日の午後、彼女が出発したのを忘れていたわ。ありがとう、リンダ」

リンダは同情するような笑みを浮かべてから、向きを変えて書類仕事に戻った。

イングリッドは新入りのドクター・アレンにまだ会ったことがなかった。一緒に仕事をしやすいきちんとした人でありますように。そう思いながらのろのろと廊下を進み、二十六B室のドアをノックして開けた。「こんにちは。どなたか整形外科医を呼び出しました?」

ドクター・アレンはイングリッドに背を向けて立っていた。彼の後ろ姿を見たとき、イングリッドは頭の隅で何かが引っかかるのを感じた。

そのとき、ドクター・アレンが振り向いた。「どうも、ドクター・ウォルトン……」彼は言葉を詰まらせた。イングリッドのほうは、まるで世界が足元から崩れ落ちたような気分だった。車のヘッドライトを浴びて固まったシカのごとく、呆然《ぼうぜん》と立ちすくんだまま、彼の瞳を見つめる。濃い色の睫毛《まつげ》で縁取られているので、青い虹彩《こうさい》が浮き上がって見えた。

出会ったときに、イングリッドを魅了したのと同じ瞳だった。あのときとの違いは、短く刈られていた黒い髪が伸びていることだけだ。

以前より少し老けて見えたが、戦地へ行った兵士にはよくあることだ。彼は間違いなくクリントだった。イングリッドの純潔を奪い、彼女が人生を楽しむと決めた夜をともに過ごした男性。

そしていまも、イングリッドの夢にしばしば現れる男性。

少しのあいだイングリッドの中で、彼に愛撫《あいぶ》され、唇を押し当てられたときの感覚がよみがえった。髪に差し入れられた彼のたくましい大きな手。イングリッドの耳元でささやく、深みのある声。彼はその声でイングリッドを導き、励ましてくれた。

急に部屋の中が暑く感じられ、イングリッドは頬が赤くなっているのがわかった。服の襟をつかんで引っぱり、頭の中から記憶を追い出そうとする。とはいえ、それはとても難しかった。

クリントは咳払《せきばら》いをして、ついに尋ねた。「君がドクター・ウォルトン？」

驚いている彼を責められない。前に会ったとき、私は名前を偽ったのだから。

「そうなの。ごめんなさい」イングリッドはクリントから視線を外して患者を見た。クリントがまだ自分を見つめているのはわかっていた。「症状は？」なんとか声を出して尋ねる。

「肩の脱臼だ。患者のミスター・マクゴワンはちょっとしたゴルフ狂でね。整形外科医に整復してもらいたいと言って聞かないんだ。でもまさか……」彼はそこで言いよどみ、また咳払いをした。「難しければ、ほかの整形外科医を――」

「私がやるわ」イングリッドはぴしゃりと言った。

また妊娠が仕事の邪魔をしている。イングリッドのおなかが目立ち始めると、ほかの医師たちは、彼女はもう骨や関節の整復を行えないと考えるようになった。だが、いまだってできる。人生が厄介ごとだらけになろうとも、知識を駆使して仕事を遂行することはできる。誰よりもうまく骨や関節を元の位置に戻せる。

イングリッドはミスター・マクゴワンに近づいた。強い鎮痛薬を投与された彼は、イングリッドのほうを見ようともしなかった。イングリッドは彼の腕を調べた。「そんなにひどくないわね。向こう側に回って彼の体を固定してもらえる？」

「もちろんだ、ドクター・ウォルトン」

イングリッドは患者の腕をつかみ、慎重に動かして処置を行った。何度もやったことのある整復術なので、難なく肩の関節を元の位置に戻せた。とはいえミスター・マクゴワンは、鎮痛薬を投与されているにもかかわらず叫び声をあげたが。

イングリッドは吊《つ》り包帯でミスター・マクゴワンの腕を固定した。「腕と胸部のX線検査が必要ね。整復によって損傷が生じていないか確認しないと」

イングリッドとクリントの視線が再びぶつかった。

イングリッドは彼に背を向け、書類に記入し始めた。

「写真があがってきたら整形外科へ回して」

「了解」

イングリッドはクリントに目をやってほほ笑んだが、ほんの短いあいだだった。彼がそこにいるのに、ある重要な事実について話をしないのはすごく妙な気がした。「X線写真を見て問題なければ、帰宅指示書を書くわ」

彼女はドアを開け、できるだけ早足で診察室から出ていった。

逃げるのよ。

とにかくここから離れなくちゃ。救命救急室の廊下で見世物を演じる気はない。

恥ずかしい思いはもう十分味わったはず。

おなかがふくらむにつれて、どれほど質問を浴びせられ、じろじろ見られたか。

私が一夜の交わりによって妊娠したことはみんな知っている。でもまさか、その一夜の相手が、外傷外科の指導医として着任してくるなんて想像もしなかった。

さっき閉めたドアがさっと開いて、男性の足音が背後へ迫ってくるのがわかると、イングリッドのうなじの毛が逆立った。そしてクリントに肘をつかまれた。

「話がある」

「いまは忙しいの、ドクター・アレン」

「少しぐらい時間を割いてくれてもいいだろう」彼はそう言い、イングリッドを診察室へ連れていった。医師が患者に悪い知らせを伝えるときに使う部屋だ。クリントは部屋のドアを閉め、ブラインドをおろした。

　イングリッドは立ちすくんだ。

　彼はドアの前に立ち、無表情でイングリッドを見つめた。イングリッドは西部劇の登場人物に――決闘の直前ににらみ合うカウボーイになったような気分だった。

「髪が伸びたのね」張りつめた空気に耐えられずにそう言った。

　彼は頭を横に傾けた。「君もずいぶん変わったね。ええと……」

「イングリッドよ」

　あの夜、クリントが装着していた避妊具が破れてしまったのだ。

　そしてイングリッドは妊娠した。

「名前はフィロミナじゃなかったか？」彼の声には辛辣な響きがあった。

「嘘《うそ》をついたの」

「そうみたいだね」彼はそう言い、イングリッドの頭から爪先まで視線を這《は》わせてから、丸いおなかを見つめた。

　イングリッドはおなかを隠したい衝動に駆られたが、そうはせずに、足に力を入れてしっかりと立っていた。

　犯した過ちを恥じるのは、もううんざりだった。

　彼女はこれから浴びせられる質問に対して心の準備をした。

「嘘をつかれるのに慣れていなくて」

　イングリッドはびっくりした。そのことに腹を立てているの？

「人がいつもあなたに真実を告げたくなるとは知らなかったわ。患者はあなたに、本当のことしか話さないとでも？」

「僕の患者となんの関係があるんだ？」

「わからないわ、ドクター・アレン。あなたが持ち出した話でしょう」

「僕は名前のことを言っているんだよ、イングリッド。なぜ偽ったんだ？」

「一夜限りの相手だもの。名前なんてなんだっていいでしょう？」

「よくないよ」彼はぴしゃりと言った。

「私はあの夜、恋人を探していたわけじゃない。なんて呼ばれようとどうでもよかったの。あなたが話したいのがそのことなら、私、そろそろ行かないと」イングリッドは出ていこうとしたが、クリントに腕をつかまれた。「放してくれない？」

「まだ話は終わっていない」

　イングリッドは彼の手を振りほどいた。「いいえ、終わったわ。ほかに質問がなければね」イングリッドは待ったが、彼は何も言わなかった。「ないみたいね」

　イングリッドが再び出ていこうとすると、クリントは腕をつかんではこなかったものの、彼女の前に立ちふさがった。

「僕の子なのか？」

　イングリッドは彼を引っぱたきたくなったが、怒りを抑え込んだ。「なんてくだらない質問かしら」

　クリントは腕を組んだ。「僕はそうは思わない。何しろ、君は名前を偽っていたからね」

「あの夜、私はあなたに純潔を捧《ささ》げたのよ。だから、イエスよ。この子はあなたの子よ。それについては嘘をついたりしないわ」

　クリントは小声で悪態をつき、顔をこすった。

「妊娠何カ月だい？」

「七カ月よ」

「君は避妊していたんじゃなかったか？」

「いいえ。あの夜のことを覚えていないの？　あなたが使った避妊具にいささか問題があったのよ。それに気づいたときのこと、覚えてない？」

　クリントは何度も小さな声で毒づいた。「ああ。どうやらその部分だけ記憶から締め出していたようだ」

「私もよ。つまり、妊娠検査薬に青い線が浮き上がるまではね」

　彼は髪に手を差し入れて逆立てた。「なぜ僕に言わなかったんだ？」

「言うって何を？」イングリッドはいら立ってきた。「妊娠するかもしれないわって、あのときにそう言えばよかったというの？」

「妊娠がわかったときに教えてほしかったよ」クリントは部屋の中を行ったり来たりし始めた。「僕には知る権利がある」

「それはそうね。でも、どうやって伝えればよかったの？　私、あなたの姓も、あなたがどこの基地に所属しているかも知らなかったのよ。近くの基地へ行ってこう言えばよかったのかしら。〝クリントという名前の、青い瞳のハンサムな男性を捜しているんです。一カ月前にブロンドの女性とセックスした人で、どこか外国で任務についているはずなんです〟って？　確かに、それに当てはまるのはあなたしかいないでしょうね。とにかく、連絡を取るすべがあったのなら、私だって知らせていたわよ」

　クリントはユーモアをあまり解さないらしく、まだ少し呆然としていた。「そうだろうね」

　イングリッド自身、妊娠がわかったときは呆然となった。子供を持とうと思ったことはないが、おろすことはできなかった。確かに、中絶は一番簡単な解決策だ。でもイングリッドは父の教えどおり、自分の過ちから逃げることはしなかった。

もちろんいまは、おなかの子を何よりも大切に思っている。でも妊娠によって、秩序立って効率的だったイングリッドの生活はめちゃくちゃになってしまった。一人で家にいるとき、整然としていたはずの部屋をベビー用品が占領しているのを見ると、恐怖に駆られた。母親業はイングリッドにとって未知で、どうしたらいいかわからなかった。

イングリッドはため息をもらした。「聞いて。私はおろすこともできたけれど、子供が欲しかったの。いまも欲しいし、一人で育てるつもりよ。あなたの助けは期待していないわ」

「あり得ない」こわばっていたクリントの体から力が抜けた。表情がやわらぎ、眉間のしわも消えた。

「できる限り力になるよ。当然のことだ」

「そう。どうもありがとう、ドクター・アレン」

「クリントだ」

イングリッドは息をついた。「クリント。でも、そんな必要はないのよ」

「そうしないといけないんだ」彼は真剣な声で言った。「それが正しい行いだから」

「義務感を抱いているのなら、そんなものは不要だと言ってあげる」

「いや、いいんだ」

すでに混乱している人生に、クリントの存在が加わるのは厄介ではあるけれど、イングリッドはひそかに安堵《あんど》していた。心の奥の小さな声がこう告げていたのだ。もしかしたら、一人ですべてを抱え込む必要はないのかもしれないと。

妊娠ホルモンのせいよ。私には彼は必要ない。誰のことも必要としていないわ。

クリントをはねつけてしまったほうが楽だ。でも、彼には子供の父親としての権利がある。彼が子供に関わるのを拒否することはできないし、正直なところ、そうしたくもなかった。イングリッドは壊れた家庭で育った。母のことを聞いても父は何も答えてくれなかったし、どうすれば母に会えるのかも教えてくれなかった。

〝彼女は私たちを捨てて男のもとに走ったんだ、イングリッド。あの女はおまえにふさわしくない〟

憎しみのこもった父の声を思い出すと、いまでも背筋が寒くなる。イングリッドは母親を知らずに育った。母は家に戻ってこなかったし、連絡をよこすこともなかったので、イングリッドは父の言葉を信じるしかなかった。自分の子供に父親のことを知らせないなんて、イングリッドには考えられなかった。そんなふうに子供を育てたくなかった。絶対に。

「ありがたく思うわ。たいていの男性はそういう申し出をしないものよ」

「だろうね。だが、僕は違うよ」

「どうかしらね。私たちはお互いのことをほとんど知らないし」

「そうだな。でも僕は海外で任務についているあいだ、しょっちゅう君のことを考えていたよ」

「光栄に思うべきなのか、ぎょっとするべきなのかわからないわ」

クリントは笑い声をあげた。「光栄に思ってくれ。君のことは強く心に残っていた。本当は君のことをもっと知りたかったけれど、君は僕が目覚める前に出ていってしまったし」

イングリッドは顔を赤らめた。「そうよね、ごめんなさい。でも私、恥ずかしかったの。初体験の相手であるあなたと朝になって顔を合わせるのが。だけど、妊娠がわかったときは自分を責めたわ。なぜ、あなたのことをもっと聞いておかなかったのかって」

「だろうね」クリントのポケットベルが鳴り、彼はそれに目をやった。「ミスター・マクゴワンが放射線科から戻ったようだ。行かないと」

「X線写真は私が確認するわね。問題なければ彼を家に帰せるわ」イングリッドは白衣のポケットから名刺を取り出し、クリントに渡した。「連絡して。また話し合いましょう」

彼は名刺を見ずにポケットにしまった。「ああ」

「よろしくね」イングリッドは診察室を出ていった。彼の反応からして、連絡してくるかどうかは怪しい。だって、連絡する必要がある？　あれは一夜の情事にすぎなかったのだ。

彼は力になりたいと言った。でも私は彼のことを知らない。彼を信用していないし、彼のほうも私を信用してはいないだろう。

もともとなんの約束も交わしていないのだから。

それでも、別に構わないわ。

廊下を歩いていくイングリッドの後ろ姿を、クリントは見つめた。ブロンドの髪を後ろで編み込んでまとめている。後ろ姿では妊婦だとわからない。出発の前夜に、バーで誘惑してきた美しい女性のままだった。クリントは外国で捕虜になっているあいだ、毎晩彼女のことを思い出していた。あの夜の記憶こそが、彼の正気を保ってくれていたのだ。

また彼女に会えるなんて夢にも思わなかった。

彼女は僕の子供を産むのだ。

でも、本当に僕の子だろうか？　彼女は名前を偽っていた。確かに僕は彼女の初めての相手だったが、最後の相手なのだろうか？　僕のあとに、ほかの男と寝ていたとしたら？

いや、僕を見たときの彼女の顔や、破れた避妊具を思い出せ。やはり僕の子で間違いない。

自分が父親だとは信じたくなかったが、心のどこかでは確信していた。とはいえ、赤ん坊が生まれたらＤＮＡ検査を受けるつもりだ。

僕は最低だな。

クリントは小声で毒づいた。僕は人を信じる高潔な男だったはずだ。なぜこうなってしまったんだ？

彼はドア枠にもたれた。僕は父親になるのだ。そう思うと怖くてたまらなくなる。

僕がいい父親になれるはずがない。自分の人生がどこへ向かっているかも定かではないのだ。アフガニスタンを出て、心的外傷後ストレス障害《PTSD》と診断されたクリントは名誉除隊となった。数カ月の療養を経て回復したあと、ラピッドシティ・ヘルス・サイエンス・センターでの外傷外科医の仕事を受けた。

かつては医療の道を愛していた。いまはそうでもない。戦争のむごさを知ってしまったから。だが、軍人以外で彼が技能を生かせる仕事は医者しかなかった。それに、夢を叶《かな》えるには金が必要だった。その夢とは、アフガニスタンへ赴任する前に購入した古い牧場跡の土地をよみがえらせ、牧場を運営して暮らしていくことだった。

ローンを完済して、牛の頭数を揃《そろ》えられるだけの資金がたまったら、医者をやめるつもりだった。

だが、子供が生まれるとわかったいま、夢を叶えるのは不可能に思えた。

ＤＮＡ検査によって赤ん坊の実父だと確定したら、僕はイングリッドのために正しいことをするつもりだ。彼女を支えるのだ。少なくとも金銭面では彼女を見捨てるつもりはない。

僕は彼女を見捨てたりしない。責任を果たす大人になるよう、親にきちんと育ててもらったのだから。だが、子供の人生に関わり、イングリッドと近しくするかといえば、それはわからない。

感情的に関わる気にはなれない。

なぜなら、僕の心は死んでいるから。

だからイングリッドと再会したとき、激しい感情がいっきにあふれ出てきたのには驚いた。ともに過ごしたあの夜の記憶が、激流のごとく押し寄せたのだ。肌を触れ合わせ、愛撫したあの夜のすべてが、クリントの中に焼きつけられていた。

紛争地帯で、軍医として絶え間なく治療にあたるクリントにとって、イングリッドと過ごしたひとときの記憶こそが心のよりどころだった。

クリントは目を閉じ、深呼吸をして、おぞましい過去の記憶を追いやろうとした。いまフラッシュバックが起きては困る。

僕は新入りだ。問題を抱えた人間だと思われたくない。

脈が正常に戻ると、クリントは顔を上げ、もう一度、廊下の先に見えるイングリッドを見た。彼女は角を曲がり、姿が見えなくなった。

クリントは向きを変えて患者の病室に入り、与薬指示書を記入し始めた。だが、何度も廊下のほうを振り返らずにはいられなかった。

まさか、彼女と同じ病院で働くことになるとは。

イングリッドは僕の救済者だった。彼女と過ごしたあの夜の思い出がなかったら、僕の心はどうなっていただろう。

「ドクター・クリント・アレン、救命救急室へお願いします」

クリントはかぶりを振り、ぞっとする考えを振り払った。

こんなに混乱した男が、いい父親になどなれるわけがない。

2

イングリッドは背中を伸ばした。肩甲骨の間がこわばっている。ありがたいことに長いシフトがもうじき終わる。夜の勤務は嫌いだが、課せられた仕事はこなさなくてはならない。

外科部長のドクター・ウォードや理事会の人々に、昇進に値する人材だと証明するために。たとえ、昇進後に最初に成し遂げたことが妊娠だったとしても。

妊娠がわかってからも、イングリッドは周囲にできるだけ隠していた。だが、ひどいつわりが長く続いて薬を服用することになり、ドクター・ウォードに伝えざるを得なくなった。

ドクター・ウォードは気に入らない様子ではあったが、イングリッドをくびにすることはできなかった。そしてイングリッドも、楽な道を選ぶことはしなかった。それはイングリッドの流儀ではなかった。彼女は妊娠前と同じぐらい必死で働いた。周囲の人間に、自分は自己管理のできる人間で、妊娠しても優れた整形外科医でいられるのだと証明するために。ドクター・ウォードと理事会の判断は正しかったのだと証明するために。

だからいまも、平静を装い、強い人間であるかのように振る舞っているけれど、本当は家に帰りたくてたまらなかった。熱いシャワーをゆっくり浴びて、ベッドに入りたい。とはいえ、今日は帰宅しても眠れるかわからない。くたくたに疲れているにもかかわらず、ある人のことばかり考えてしまうに決まっているのだから。

ドクター・クリント・アレンのことを。

ミスター・マクゴワンを家に帰してからは、クリントと顔を合わせていない。あのあと州間高速道路で大きな事故が起き、負傷者が次々と搬送されてきたのだ。救命救急室は混乱し、中心となって対応に追われているであろうクリントの姿も見えなくなった。

イングリッドも忙しかった。この数時間は、大腿《だいたい》骨《こつ》を粉砕骨折した患者の処置にかかりきりだった。肩に痛みが走り、イングリッドは顔を歪《ゆが》めて背中をそらした。早く家に帰りたい。

顔を上げると、こちらを見つめている女性が目に入った。その女性の顔を見たとき、心に引っかかるものがあった。イングリッドはもっとよく見ようと足を踏み出したが、目の前を人が通り過ぎて視界を遮られた。そして、もう一度イングリッドが視線を向けたときには、その女性はいなくなっていた。

「疲れているようだ。今日はもうあがったほうがいい」耳元で誰かがささやいた。

イングリッドが目をやると、クリントが隣に立っていた。手術帽をかぶり、用箋挟みに挟んだファイルに何か書き込んでいる。

「ドクター・アレン」イングリッドは言った。

「真面目に言っているんだ。君は疲れている」彼は心配そうな青い瞳でイングリッドを見た。

「ええ、疲れているわ。でも、シフトが終わるまであと二時間あるの」

クリントは顔をしかめた。「外科部長に僕から話をしようか?」

「いいえ。ドクター・ウォードには言わないで。あと二時間ぐらい働けるわよ。病人じゃないんだから」

「病人だとは言わないが、君は妊娠しているし、疲れている」

イングリッドは放っておいてと言おうとしたが、目線を上げると、手術室看護師や研修医たち――ほかにも、声が聞こえる距離にいる人たち全員が、当惑した顔でこちらを見つめていた。

「ドクター・アレン、ちょっと二人で話せる？」イングリッドはくるりと向きを変え、人のいない手洗い室へと歩いていった。クリントが入ってきてドアを閉めると、彼女は腕を組み、怒りの目を彼に向けた。

　彼は一歩後ろへ引いたが、愉快そうに唇を歪めた。

「みんなが君を、きつくて怒りっぽいと言う理由がわかったよ」

「誰が言っているの？」

「実習生たちだよ」クリントはぶっきらぼうに言った。「とはいえ、君は骨の整復を生業《なりわい》にしているし、若くして指導医になった。タフじゃなければやっていけないだろう」

　イングリッドはぐるりと目を回して、姿勢を楽にした。「そうよ。じゃあ、なぜ私があなたをここに連れてきたかもわかっているわね」

　クリントは眉根を寄せ、かぶりを振った。「どうかな」

「昇進してすぐに妊娠するなんて、すごく無責任だと思われているのよ。しかも、一夜限りの関係が原因となればなおさらね。私は特別扱いされては困るの、ドクター・アレン。ほかの医師やスタッフたちにも、私のことは放っておいてもらいたいわ」

「新入りの外傷外科医が、整形外科医の妊娠に必要以上に関心を示すのはまずいと言いたいのかい？」

「ええ」

「しかも、僕たちは出会ったばかりだし」

「そのとおり」

「プロ意識に欠けた振る舞いを謝るよ、ドクター・ウォルトン。もうしない。だが、一介の医師として言わせてもらう。君は休んだほうがいい。血圧が上がったら大変だ」

「そんなのよくわかっているわよ。でも私は外科部長に、指導医にふさわしいことを示さないといけないの。八カ月前に自分自身で勝ち取ったポジションなんだから」

「君はかなり頑固なんだな」彼は眉をひそめた。「すべてを思いどおりにするなんて無理なのに」

「褒め言葉として受け取っておくわ」イングリッドはクリントを押しのけて出ていこうとしたが、彼は腕でドアを押さえて行く手をふさいだ。「悪いけど、ドクター・アレン……」

「悪いが、僕は放っておけないんだ。医師としてなら、僕の言葉を褒め言葉として受け止めていい。だが出産を控えた母親としては、頑《かたく》なになったり、体の声を無視したりすべきじゃない。君の赤ん坊に悪影響を及ぼしかねないよ」

　イングリッドの首から頬までが赤く染まった。クリントは私を非難している。でも彼にそんな権利はない。だって妊娠してから七カ月間、私はたった一人でやってきたんだから。だけど、関わっていいと言ったのは私だし、彼はどうやらその言葉を真剣に受け止めているらしい。

　とはいえ、彼が〝君の赤ん坊〟と言ったことにも気づいていた。〝僕たちの赤ん坊〟ではなく。イングリッドは頭にきた。

「あなた、この子が自分の子だって信じていないのね？」

　クリントは首をかしげた。「君があのあとに誰とも寝ていないと、信じられる理由があるのか？」

「DNA検査を受けたいの？」

「ああ」

「好きにすればいいわ。でも、私が寝たのはあなただけよ」

　クリントの瞳が陰り、イングリッドをじっと見つめた。そのまなざしには熱がこもっていて、イングリッドは官能のときめきを覚えた。

彼女は目をそらして咳払《せきばら》いをした。「自分の面倒ぐらい自分で見られるわ。私だって医者なのよ。外傷外科医って整形外科医を見下しがちだけど、私だって、体をケアする方法はわかっているわ」

「イングリッド、僕は君に説教する気は――」

「あるでしょう」イングリッドは息を吐いて、痛み始めた首の後ろをさすった。頭もずきずきする。

「いまの時代でもまだ、予想外の妊娠には悪いイメージがつきまとうの。医師であろうと〝避妊しなかったの?〟って聞かれることには変わりないし。とにかく、噂《うわさ》好きな人たちに何か感づかれたら困るわ。知られたくないのよ」

「どうせそのうちばれるよ。避妊が失敗したのは君の責任じゃない。僕だって避妊具が破れるなんて思っていなかった」

「私もよ」イングリッドはため息をついた。「あなたにも私にも責任があるのね」

「そうだな」クリントはにっこりした。

「あなたが私の誘いをはねつけてくれればよかったのよ」

彼は鼻を鳴らした。「ああ、今後は断ることにするよ。赴任地へ出航する前の晩に、ブロンド美女が熱心に迫ってきてもね」クリントはそう言うと体をこわばらせた。イングリッドはどうしたのかと思って彼を見た。そして初めて、いまの彼が七カ月前とは違うことに気づいた。

以前よりやせていて、黒髪には白いものが交じっている。目の下のくまは長時間勤務が原因かもしれないが、顔に刻まれたしわとこわばった顎からは、何かもっと深い事情がうかがえる。頬の無精ひげの下には細い傷跡が見える。

イングリッドが一夜をともにした兵士の面影はそこにはなかった。クリントは何が原因なのかと考えずにはいられなかったが、そのとき、はたと気づいた。彼は外地に赴任したのだ。普通なら、こんなに早く帰国して除隊しないはず。

「何かあったの？」

クリントはかぶりを振った。「何もないよ。なぜそんなことを聞くんだ？」

イングリッドは肩をすくめた。「なんだかぴりぴりしているように見えたから」

「僕はどうもしないよ、ドクター・ウォルトン。大丈夫だ」無理やり口に出したような言い方だった。

嘘《うそ》をついている、とイングリッドは思った。

だがたとえそうだとしても、これ以上彼と言い合いをしている時間はない。やるべき仕事があるのだ。

「仕事に戻らないと」イングリッドは彼の横を通って出ていこうとしたが、クリントが足を踏み出して彼女の前に立った。シンプルな動きだったが、イングリッドの鼓動が速くなった。彼はイングリッドの顎を持ち上げ、目を合わせた。

確かに彼は変わったけれど、いまも以前と同じように男の色気を漂わせている。彼がどれほどセクシーか、イングリッドは改めて痛感した。

これまでは、あの夜のことを思い出すたび、自分は彼のことを美化しすぎているのではないかと思っていた。だが、そうではなかった。お酒を飲んでいなくても、彼といると膝から力が抜けてしまう。

妊娠ホルモンのせいで興奮しやすくなっているだけよ。

「お願い、クリント」イングリッドはか細い声で言った。「どいてちょうだい」

だけど彼は動かない。イングリッドは、彼がキスをしてくるのではないかと思った。そうなったらどうやって抗《あらが》えばいいのだろう？

抗えそうにない。いまはいろいろな感情が心にひしめき合っていて、自分を見失いそうになっている。

感情に惑わされてはいけないと言われて育ったのに。

〝泣くんじゃない。起きたことはどうにもならないんだ。泣くのは弱い証拠だ。おまえの母親は感情に流されやすかった。だから私たちを捨てたんだ。おまえも母親のようになりたいのか?〟

イングリッドは体を震わせ、頭から父親の言葉を追い払った。「クリント、お願いだからどいてちょうだい」

クリントは身を引いた。「君を心配せずにはいられないんだ。僕は医者だから」

イングリッドはほほ笑み、息をついた。「心配しないで。これまでどおりちゃんとやっていけるから」

彼はうなずいた。「ああ。だが、自分をいたわって、早めに帰宅すると約束してくれ」

「わかったわよ」イングリッドは不満そうに言った。

クリントはにっこりした。「君って人は、少しは譲歩して他人の助言を受け入れられないのかい?」

「私に指図するなんて、身の危険は承知の上でしょうね?」イングリッドはくすくすと笑って、彼の横を通り過ぎた。「背後に気をつけてね、ドクター・アレン」

部屋の薄暗い明かりの下で彼の瞳がきらめいた。

イングリッドは手洗い室から出た。背中がずきずき痛み、靴で隠れているものの、足先がむくんでいるのがわかる。

弱みを見せるのはいやだが、二時間ほど早く退勤したところで信用を失うことはないだろう。手術帽を脱ぎ、近くの洗濯かごに投げ入れた。今後は、体を休めるために仕事の量を減らさなければならない。どんなにいやでも仕方がないのだ。

クリントは退勤するイングリッドを見送った。もし彼女が残って働こうとしたなら、彼は彼女の体をかついで病院の外に出していただろう。とはいえそんなことをすれば、イングリッドは激怒しただろうが。

　クリントは当直室で夜を過ごした。車を運転して牧場へ戻る気にならなかったのだ。今夜はなぜか一人になりたくなかった。

　深いため息をついて、薄暗い当直室の簡易ベッドに腰をおろし、顔をこすって横になった。街灯の光がブラインドの隙間から差し込み、天井に細長い影をつくっている。まぶたが重く、起きているのがつらくなってきた。

　それでも、必死で起きていようとした。

　眠ると悪夢が戻ってくる。

　部屋は静かで、聞こえるのは州間高速道路九〇号線を走っていく車の音だけだった。クリントは、RV車やキャンピングカーが、ワイオミング州やモンタナ州へ向かっていく光景を頭に思い浮かべようとした。

　そのとき、心臓が激しく打ち始めた。車の往来や街の喧噪《けんそう》が、ヘリの轟音《ごうおん》や爆発音へと変わっていく。

　額に汗が吹き出る。パニックが襲ってくる。どうやってもとめられない。のみ込まれて、息をすることもできない。

　叫び声が聞こえ、銃口が額に押し当てられる。

　閃光《せんこう》が走り、クリントはベッドから飛び起きた。

「あら、ごめんなさい。人がいると思わなくて」

　ぼんやりした頭で、彼は自分がどこにいるのか思い出した。前線ではない。ラピッドシティ・ヘルス・サイエンス・センターにいる。

「クリント、あなたなの？　大丈夫？」

　顔を上げると、ドア口にスクラブを着たイングリッドが立っていた。心配そうな表情を浮かべている。

「ここで何をしているんだ？　君は家で休んでいるはずだろう。僕が見送ったじゃないか」

「そんなの、なんの意味もないわ。あなたは私の上司じゃないもの」

クリントは小さく舌打ちしてイングリッドに近づき、彼女を抱き上げた。

イングリッドは金切り声をあげた。「ちょっと、何をしているの！」

クリントは答えなかった。彼は自分が何をしているのかわかっていた。当直室を出て、廊下をずんずん進んで出口へ向かう。

「クリント、あなた正気なの？」イングリッドは小さな声で言った。

クリントは立ち止まり、周囲を見回した。数人の看護師や用務員が、口をあんぐりと開けてこちらを見つめている。イングリッドはうめき声をあげて、顔をクリントの首元にうずめた。彼女の頬がほてるのがクリントにはわかった。

3

どれくらいのあいだ、二人はそこに立っていたのだろう？　厳密に言えば、イングリッドは立ってはいなかった。彼女はクリントの腕に抱き上げられ、彼のたくましい胸に押し当てられていた。彼の体がこんなにも近くにあるせいで、ほんの少しのあいだ、忘れてしまいそうになった。今後は誰もがなんの疑いもなく、子供の父親はクリントだと思うに違いない、ということを。

だって、セクシーな新入りの外傷医が、妊娠した整形外科医を抱えて歩く理由なんてほかにある？

「あなたの筋骨たくましい体はすてきだけれど、おろしてちょうだい。どこか二人きりになれる場所で話しましょう」

クリントは含み笑いをした。「僕を筋骨たくましいと思っているのかい？」

「真面目に言っているのよ。いますぐおろして」イングリッドは体をよじった。

クリントは彼女をおろした。周囲の人たちの忍び笑いが聞こえ、イングリッドは下を向いて急いで当直室へ戻った。クリントが入ってきてドアを閉めるまで、部屋の中を歩き回っていた。

「ばれちゃったな」クリントは言った。

「そう思う？」彼の体に押しつけられていたせいで、イングリッドの肩はうずいていた。「あなた、いったいどういうつもりなの？」

「いや、質問に答えるのは僕じゃない。家で休んでいるべき君がなぜ病院にいるのか、まずはその理由を説明してくれ」

「私の患者が足に感染症を起こしたの。だから検査しないといけなかったのよ」

クリントは片眉を吊《つ》り上げた。「君は整形外科医だろう。一般外科医が診ればいいじゃないか」

「私の患者なの」

「だが、君は妊娠しているんだぞ。家に帰って体を休めないと」

彼がそう言ったとたん、イングリッドに疲労の波が押し寄せた。部屋がぐるぐる回り出し、彼女は頭に手を当てた。

「座ったほうがいい」クリントは彼女の肩に手を添え、簡易ベッドに座らせた。

「ありがとう」イングリッドはつぶやいた。「いつもはここまで不注意じゃないの。もっと休息が必要なのはわかっているわ」

「君は医師で、しかも指導医だ。野心を手放すのは難しいだろう」

「そのとおりよ」イングリッドはクリントに目をや

り、思わず笑みを浮かべた。腹部がぞくぞくしたが、赤ん坊がおなかを蹴っているからではない。このうずくような感覚は、七カ月前にバーで彼を見たときと同じだった。あの夜はフィロミナにけしかけられていたし、コスモポリタンも数杯飲んでいた。でも、彼を見たときにどれほど激しい欲望を抱いたかははっきり覚えている。

彼の青い瞳が情熱を帯びて深みを増したこと。たくましい手で愛撫《あいぶ》されたこと。彼の指が背中を伝い、イングリッドが彼のウエストに両脚を巻きつけると、彼はイングリッドの首筋に唇を押し当てた。そして二人は一つになり、イングリッドは何度も何度も彼を求めた。

イングリッドはかぶりを振り、記憶を頭から追い出そうとしたが無理だった。あの夜の思い出は心に刻み込まれてしまっている。丸いおなかを見るたびに、彼と過ごした時間を思い出してしまう。

「もう行くわ」イングリッドはクリントとの間に距離をつくりたかった。赤らんだ頬から彼の視線をそらしたくて、手で髪をすく。

「それがいい」

彼女は立ち上がった。その瞬間、腹部が締めつけられ、激しい痙攣《けいれん》が起きた。思わずうめき声をもらし、かがんで簡易ベッドに腰をおろす。息をするのも苦しい。ものすごい圧迫感で、いまにも弾《はじ》けそうだ。

「イングリッド、大丈夫か？」

「ブラクストン……ヒックス……収縮よ」息を吸おうとして、声が途切れ途切れになった。

これが偽陣痛なら、本陣痛はどれほどつらいのだろう。

イングリッドは怖くなった。想像もつかないわ。

イングリッドは医師で、人体の仕組みについてはよくわかっている。でも、彼女は生身の人間で、女性で、孤独だった。

一人ぼっちはいやだ。そう思ってしまった自分に腹が立った。

「息を吸って」

クリントの声が、痛みをこらえるイングリッドの心を落ち着かせてくれた。痛みが治まり、イングリッドが顔を上げると、彼の目の下の濃いくまに気づいた。数時間前よりもさらにやつれて見える。

「治まったか？」彼はイングリッドの肩をさすった。

「ええ。あなたのほうこそ疲れているみたいよ」

「誰かが当直室に乗り込んできて、電気をつけるまでは眠っていたからね」

「ごめんなさい」イングリッドはクリントとともに立ち上がった。「誰もいないと思っていたの。家に帰るわ。あら、何をしているの？」

クリントはシャツを着た。「君の家に一緒に行く」

「なんですって？」

「君がちゃんと帰宅したか確かめたいなら、自分で連れていくしかないだろう」

「そんなことまでする必要ないわ」

クリントは笑った。「親切心で行くわけじゃないよ。君が無事にベッドに入ったか確かめる必要があるだけだ。車のキーを貸してくれ。僕が運転する」

イングリッドは彼をにらんだ。「あなたはどうやってここへ戻ってくるの？」

「タクシー代ぐらい払えるよ」クリントは手を差し出した。「さあ、キーを貸して」

「お断りするわ」

「また君を抱きかかえて出ていくしかないのかな」

「それだけはやめて！」

クリントはにんまりした。

イングリッドはうんざりした表情を浮かべ、彼にキーを渡した。

今回は、二人とも当直室から歩いて出ていった。

イングリッドは彼に抱かれていなかったが、人々の視線は二人に向いていた。イングリッドは何も隠すことはないと言わんばかりに、堂々と顔を上げて歩いた。それでも、好奇の目が背中に向けられるのをいやというほど感じた。

朝になったら、どんな噂話《うわさばなし》が飛び交うか想像はつく。クリントにちらりと目をやると、彼は動揺しているようだった。噂の的になるのは彼にとってもつらいことなのだ。

本当は、私を家まで送り届けたくなんかないのだろう。義務感に駆られているだけなのだ。

二人はイングリッドの車まで歩いていった。車に乗り込み、イングリッドの住むタウンハウスへ向かうあいだも、ほとんど言葉を交わさなかった。車が私道に入ったとき、イングリッドは家の中に明かりがついているのに気づいた。

困ったわ。誰が起きているのだろう?

イングリッドのルームメイトは全員、医療現場で働いている。テレサとメラニーは救急隊員で、レイチェルは一般外科医だ。三人とも、あの夜バーに一緒にいた。クリントを見れば、イングリッドがいちゃついた相手だと思い出すはずだ。

クリントにタクシーを呼ばせようと、イングリッドは携帯電話を取り出したが、電池が切れていた。

彼を家の中に入れて、電話を使わせてあげなければならない。明かりをつけたのが誰であれ、もう眠っていますように。

クリントはイングリッドのあとについて玄関の階段をのぼった。

「丘の上の恐竜が見える」

イングリッドが肩越しにちらりと後ろを見ると、〈ダイナソー・パーク〉にあるブロントサウルスのオブジェが見えた。これまで気にしたこともなかった。「そうね」

「なんだかぴりぴりしているね」

「そう？」

彼は明かりのもれるキッチンの窓を指さした。

「家の中の電気がついていることに気づいたとたん、君は落ち着きがなくなった」

「私のルームメイトたちはみんな、あの夜、一緒にバーにいたの」

「じゃあ、僕に気づくだろうね」

イングリッドはうなずいた。

「公衆電話を探したほうがいいかな？」

「いいえ、そんなことをする必要はないわ。入って」玄関ドアを開けてクリントを中へ入れた。

自分がばつの悪い思いをしたくないからって、深夜二時に、彼に公衆電話を探して歩き回らせるわけにはいかない。それに、どのみちレイチェルが噂を聞きつけて、メラニーとテレサに話すだろう。

「電話はキッチンにあるわ」イングリッドはコートを脱いで玄関ドアのそばのフックにかけ、小さなテーブルにハンドバッグを置いた。そしてこめかみをさすった。「頭が痛くなってきたわ。いろんなことがありすぎて」

「頭痛については明日、産科医に相談すべきだ。高血圧の症状かもしれない」

「わかったわ。送ってくれてありがとう」

「どういたしまして」

「言ったように、電話はキッチンにあるから、タクシーを呼んでね」

「ああ。だが、まずは君をベッドに連れていこう」

イングリッドが顔を赤らめるのを見るのが、クリントは好きだった。愛を交わしたあの夜、彼女の頬はずっと紅潮していた。

「な、なんですって？」

「ベッドだよ。君がベッドに入るところまでちゃんと見届けるつもりだ」

イングリッドは目を丸くした。「階上《うえ》には上がらせないわ」

「上がるよ。たとえ君を抱えていかなければならないとしてもね」

イングリッドはうんざりしたように息をつき、階段をのぼり始めた。クリントは後ろからついていった。部屋に着いてイングリッドがドアを開け、照明をつけると、彼はのけぞり、小声で笑った。

「君はだらしないんだな」服や本や書類がデスクに積み上がり、ダブルベッドは乱れたままだ。

イングリッドはまた頬を染め、寝具がぐちゃぐちゃのベッドに座った。「普段はこんなにだらしなくないの。でも、ここはスペースが限られているから」

「こんな戦争地帯に足を踏み入れるなんて、僕は命を危険にさらしているな」

「だったら出ていって。私はベッドにいるわ。もう行っていいのよ」

「いや、まだだ。君を寝かしつける」

「いい加減にして」

クリントは腕を組んだ。「出ていかないよ」

「わかったわよ」

クリントはベッドへ近づいた。イングリッドが重なった枕の上に頭を沈めると、彼はおなかに触れないよう、慎重に上掛けを引き上げて彼女の体を覆った。赤ん坊の存在を感じる心の準備ができているか、いまはわからなかった。

感情移入しすぎたくなかった。自分の子供ではないかもしれないから。

おまえの子だ。わかっているはずだろう。

「これで満足？」

クリントはほほ笑み、照明のスイッチを切ると、再びベッドに近づいて端に腰をおろした。「満足だよ。君が眠りに落ちたらね」

「人に見られていたら眠れないわ」暗闇の中でイングリッドがつぶやいた。

「お話をしてあげようか？」

「あなたって、本当に楽しい人ね」イングリッドはそう言うと、あくびをした。

「ときには楽しい男にもなれるんだ」

イングリッドはまたあくびをした。「じゃあ、なぜ眠れないの？」

「人の家では眠らないからさ」

「そういう意味じゃないって、わかっているでしょう」

「わかっているよ」クリントはため息をついた。「除隊後の新しい生活にまだなじめていないんだと思う」

「以前はどんな生活だったの？」

クリントは固まった。思い出したくないし、もちろん話したくもない。「ひどかったよ」

「そうでしょうね」

「そのことは話したくないな」

「戦地での日々が不眠の原因なの？」暗闇に響く彼女の声からは気遣いが感じられた。

「多少はね。でも、いま僕が起きているのは、君が眠っていないからだ」

イングリッドは笑った。「そうね」

クリントは立ち上がり、布張りの肘掛け椅子に近づいた。積み上げられた本をどけて腰をおろすと、スニーカーを脱いで、足をベッドにのせた。ほどなくして、イングリッドの寝息が聞こえてきた。

この部屋はとても狭苦しい。窮屈な空間は苦手だ。自宅の寝室はロフトにある。壁に囲まれておらず、天井は高く、天窓がついている。眠るときには空を眺めたい。いま、上を向いていても見えるのは白い天井だけだ。

室内を見回すと、物は積み上げられ、ベビーベッドは隅に押し込まれている。この部屋は狭すぎる。ここでは赤ん坊は育てられない。

なんてことだ。僕のせいで彼女の生活はめちゃくちゃになってしまった。僕の人生と同じぐらいめちゃくちゃに。

クリントは目をこすり、天井を見ないよう努めた。この部屋がどれほど窮屈か意識するのをやめなくては。でないとパニック発作を起こしてしまう。

まぶたが重くなってきた。とても疲れている。眠ってしまう前に立ち上がらなければならないことはわかっていたが、目を開けていられなかった。

くたくただ。もう病院には戻れそうにない。

ここまで疲れ切っていると、眠っても悪夢はやってこないかもしれない。

せめてそうであることを祈ろう。

4

悪夢がやってくる気配に、クリントはびくっと目を覚ました。暗がりの中、自分がどこにいるのか思い出すのに少し時間がかかった。

ベッドからゆっくり足をおろす。イングリッドは体を揺らして小さく声をもらしたが、呼吸は深く、規則正しかった。

ぐっすり眠っている人の寝息だ。

彼女がうらやましかった。

クリントはもう長いあいだ、朝までぐっすり眠れたことがない。眠れば必ず悪夢に邪魔をされ、囚《とら》われていたときの恐怖が呼び起こされてしまう。

彼はドアの前まで歩いていき、振り返ってイングリッドを見た。彼女は横向きになって腕に頭をのせ、抱き枕を両脚で挟んでいる。

　まるで天使のようだ。

　地獄を味わっていたとき、乗り切ることができたのはイングリッドのおかげだった。負傷兵の治療にあたるとき——それもしばしば麻酔薬なしで——彼は周囲の音を意識から締め出すことを覚えた。どうやったかというと、イングリッドの顔を思い出し、彼女と過ごした夜の記憶に意識を集中させたのだ。

　あの夜のことは何から何まで覚えている。

　イングリッドの肌の感触や香水の匂い。クリントが純潔を奪った瞬間、彼女が痛みを感じてあえぎ、爪を彼の肌に食い込ませたこと。彼女の涙をキスで拭ったときの塩辛い味。

〝なぜ教えてくれなかったんだ?〟

〝私の最初の相手になったこと、後悔しているの?〟イングリッドは尋ねた。

〝そうじゃない。教えてくれていれば、もっとゆっくり進めたのに〟

〝言ったらあなたがやめてしまうと思ったの。お願いだから後悔したりしないで。私はあなたが最初の相手で嬉《うれ》しいの〟

　クリントは何も言わなかった。彼は何一つ悔やんでなどいなかった。それどころか、任務を終えて帰国したあかつきには、彼女を見つけ出して自分のものにするつもりだったのだ。

　囚われの身になる前も、そして暗い独房に入れられていたときでさえも、クリントはイングリッドとともに生きる未来を夢見ていた。二人の間には子供が生まれ、クリントが購入した牧場で幸せに暮らす。何もかも完璧な生活だ。

　だが、脱出して戦地をあとにしたとき、クリントは諦めた。牧場での暮らしを諦めたのではない。イングリッドを捜し出すのを諦めてしまったのだ。彼の心は死んでいた。人に与えられるものは何も残っていなかった。

すやすやと眠るイングリッドを見つめながら――自分の子供を宿した丸いおなかを見つめながら、クリントは心の中を探り、わき上がる高揚感のようなものを見つけようとしてみた。でもいまは、怒りと痛みと恐怖しか見つからなかった。

そういう感情はイングリッドにも、僕らの子供にもふさわしくない。

クリントは向きを変えてイングリッドの部屋から出ると、彼女のルームメイトたちが近くにいないことを願いながら、静かに階段をおりた。

僕はイングリッドとの間に距離を置かなければならない。

彼女はもともと一人で子供を育てるつもりだった。僕も金銭的な援助はするつもりだが、精神的な関わりを持つことはできそうにない。

外に出て、冷たい朝の空気に当たると、彼は込み上げてきた嫌悪感を抑え込んだ。

それは、自分が意気地なしになり下がったことに対する嫌悪感だった。

一週間。

イングリッドは一週間、クリントに会っていなかった。とはいえ、まったく彼を見かけていないわけではない。後ろ姿は何度も目にしていた。

クリントは院内でイングリッドを見かけると、すぐに背を向けてその場から離れていってしまう。イングリッドを避けているのは明らかだった。

安堵《あんど》すべきなのだろうし、彼がいなくても生活になんの支障もなかったが、それでもイングリッドは腹が立った。

当直室でクリントと鉢合わせた日の翌日、イングリッドは産科で検診を受けた。クリントは付き添うと約束していたのに来なかった。主治医のドクター・シャロン・ダグラスは、イングリッドの血圧上昇とケトン体の増加を指摘し、妊娠高血圧症候群になる危険をほのめかした。

〝無理しちゃだめよ、イングリッド。あなたの仕事場はわかっているから、いざとなったら引きずり出すわよ〟

シャロンはそう言った。イングリッドの働きすぎに気づいているのだ。だが、イングリッドにはお金が必要だった。出産後は六週間だけ休み、そのあとは仕事に復帰しなければならない。ベビーシッターを雇うのにも、おむつなどの必需品を買うのにもお金がかかる。

なぜ、いまこんなことを考えているの？

イングリッドはこめかみをさすった。いろんなことがありすぎて、頭が押しつぶされそうだ。

しっかりしなさい。

クリントは不本意そうではあったものの、力になると言ってくれた。それなのに私は、助けは不要だと言ってしまった。いま思えば愚かだった。金銭面だけでもいいから支えてくれる人が私には必要だ。予定よりも早く産休に入らなければならないなら、なおさら助けがいる。ただ、私は人に頼るのが好きではないのだ。

イングリッドはおなかに手をやった。母親のストレスを感じ取ったかのように、赤ん坊がおなかを蹴った。

クリントに直接聞けばいいじゃない。

自尊心を押しころして、イングリッドはクリントに近づいていった。気づかれて逃げ出されないよう、ゆっくりと忍び寄る。

あと一メートルのところまで近づき、足をとめた。彼はカルテを記入している。イングリッドは彼の背中を軽く叩《たた》いた。

クリントが振り返った。一瞬、動揺が顔に表れたが、すぐに彼はそれを隠した。「ドクター・ウォルトン、何か用かな？」

「少し話せない？」

クリントは断る理由を探すかのように周囲を見回したが、今夜の救命救急室はとても静かだった。断る理由はない。

「いいとも」クリントは誰もいない検査室へと歩いていき、中に入った。イングリッドが中へ入ると彼はすぐにドアを閉めた。

イングリッドはドアの前に立ち、彼の逃げ道をふさいだ。

「ドアの前に立ちふさがる必要があるのか？」

「ええ。だって最近のあなたは、私が近づくとすぐに背を向けて離れていってしまうから」

「おっと。ずいぶんと単刀直入だね」

イングリッドは冷たい目を向けた。「そう？」

「君は侮れない人のようだ」

「そうよ、ドクター・アレン。私は鈍い人間じゃない。ときどき左右で違う靴下をはいているけれど、それは足元が見えないからで、仕方がないの」

彼は首を伸ばしてイングリッドの足元を見て、口元に笑みをたたえた。「クリスマス柄とハロウィン柄を組み合わせているね」

「話題を変えないでちょうだい」

「そんなことはしていない。靴下の話を持ち出したのは君のほうじゃないか」

「あなた、次の検診は付き添うって言ったわよね。でも来なかったわ」

「外傷患者の処置にあたっていたんだ」

彼は嘘《うそ》をついている。イングリッドはそう思った。

私は何を期待していたのかしら？　彼がひざまずいて、許しを請うとでも思った？

〝自分の過ちだろう、イングリッド。自分でなんとかしなさい〟イングリッドが妊娠を伝えたとき、父はそう言った。父には助けてもらえない。母に関しては、どこにいるのかもわからない。

涙が込み上げて目が痛む。妊娠ホルモンのせいだわ。さっさと出ていかなきゃ。クリントが私を避けていようがいまいが、もうどうでもいい。

「もういいわ。煩わせてすまなかったわね」イングリッドは小さな声で言い、向きを変えてドアに手を伸ばした。だがドアノブに触れたとたん、クリントの手が彼女の手を包んだ。それはほんの一瞬だった。彼の手が離れると、イングリッドはドアノブを放した。

「すまなかった」クリントが言った。

イングリッドは喉に込み上げたものをのみ込み、振り向いた。「謝罪は受け入れたわ」

「それが知りたかったことなのかい？　検診に付き添わなかった理由を聞くために僕に話しかけたのか？」

イングリッドはクリントと目を合わせた。深みのある青い目に吸い込まれ、理性を見失ってしまう。

「知りたかったことの一つではあるわ」

「じゃあ、ほかに何が知りたいんだ？」彼は尋ねてから腕時計に目をやった。「回診をすませないと」

イングリッドは質問したかったが、言葉が口から出てこなかった。

さっさと聞けばいいじゃない。失うものは何もないはずよ。クリントは私のものじゃない。私たちは恋人同士じゃない。ただ、一夜をともにしただけ。そしてその結果、一生消えない繋《つな》がりができてしまった。

「ほかにも何かあるのかい、イングリッド？　ただ立っているだけで、何も言わないね」

勇気を奮い起こそうとしているのよ。

言いなさい。「あなた、私を避けているの？」

イングリッドは顔を上げてクリントを見たが、彼の顔から感情は読み取れなかった。顔をぴしゃりと叩かれたような衝撃を受けた。彼はどうでもいいみたいだ。私の質問に動揺してもいなければ、傷ついてもいない。

　まるで何も感じていないみたいだ。

「聞いても無駄だったみたいね」彼女はドアを開けた。「お時間を取らせちゃって悪かったわ」

　顎をきっと上げて廊下へ出た。心のどこかでクリントが追いかけてくるのを期待していたが、彼は来なかった。愚かにもイングリッドが振り返ると、彼はカルテを記入していた。イングリッドのことも、いま二人が交わした会話のことも、どうでもいいみたいだった。

　そういうことなら、こっちも同じ手を使うまでだわ。

5

　それから二週間、イングリッドはクリントを避けていた。軽い仕事を割り当てられるようになり、呼び出しもあまりなかったので、比較的簡単だった。とはいえ、廊下でクリントを見かけることはあった。そんなときはすぐに身をかがめ、彼に見つからないようにその場を離れた。

　彼女はいまでも、クリントに少し腹を立てていた。

　そんなある日、廊下を歩いていると、まぎれもない視線を感じた。振り返ると、廊下の奥へと消えていく小さな後ろ姿が見えた。イングリッドは向きを変えて追いかけようとしたが、そのとき声が聞こえた。

「そこにいたのね！　イングリッド、待って！」

振り向くと、日焼けしたフィロミナが大股でこちらへ歩いてきていた。

まずいわ。

フィロミナが休暇から戻ってくることをすっかり忘れていた。彼女はあのセクシーな兵士が、いまこの病院で働いているなんて知るよしもない。

イングリッドが身ごもったあの夜、フィロミナの名前を使ったことも知らない。

「フィル、おかえりなさい！」イングリッドはぎこちなく聞こえないよう努めた。

だが、うまくいかなかった。

フィロミナはイングリッドを抱きしめようと伸ばしていた腕をおろし、動きをとめた。「何があったの？」

「なんのこと？」

「なんだか様子がおかしいわよ。私がいないあいだに何かあったんでしょう」

「何もないわよ」

フィロミナは目をぐるりと回した。「ごまかさないで。あなたはいつも……」そこで言いよどみ、目を見開いた。

イングリッドの背筋が凍った。想像はついていたものの、振り向いてフィロミナの視線の先を追った。

思ったとおりだ。クリントが廊下の奥で主任看護師と話をしている。

イングリッドはため息をついてから、フィロミナの肘をつかんだ。彼女を当直室へ引っぱっていき、中に入るとドアの鍵をかけた。

「信じられないわ、イングリッド！　彼じゃないの。知っていたの？」

「もちろん知っているわよ」

「彼、何者なの？」フィロミナが壁にもたれて尋ねた。「てっきり兵士なんだと思っていたわ」

「新しく入った外傷外科の指導医よ。というか、責任者みたいね」

「外傷外科の責任者ですって？　あなたはどう思っているの？」

「私は平気よ」

フィロミナは意味ありげに片眉を歪《ゆが》めた。「平気そうに見えないわ。ストレスを感じているみたいだけど」

イングリッドは簡易ベッドに腰をおろした。「少しだけね」

フィロミナはイングリッドの隣に座り、肩に腕を回した。「それで、彼はどうするって？」

「別に何も」

「でも、父親としての責任は果たすべきよ。彼は兵士だったんでしょう？　責任を果たすのは得意なはず」

イングリッドはくすくす笑った。「兵士だったことが何か関係あるの？」

「わからないけど、兵士って信義を重んじるものじゃないの？」

イングリッドは肩をすくめた。

「じゃあ、彼はいっさい手助けをしないつもりなの？」フィロミナは混乱した様子で尋ねた。

イングリッドは唇を噛《か》んだ。「彼はＤＮＡ検査を望んでいるわ」

「なんですって？」フィロミナが立ち上がった。

イングリッドは彼女を引っぱって座らせた。「検査を求める権利はあるわ。彼は私のことを知らないし、信用もしていない。当然よね」

「でも、彼はここの仕事を引き受けるときに、あなたの名前を見て気づいたはずでしょう」

「それも、彼が私を信用しない理由の一つなの」

「どういうこと？」

「ええと……実は、彼は私の名前を知らなかったの。

あの夜、私はあなたの名前を名乗ったから」

　イングリッドはフィロミナが怒り出すと思って身構えたが、聞こえてきたのは笑い声だった。

「そんなことをしたなんて信じられないわ。面白いわね」

「面白い？」

「だって、あなたって普段はすごくお堅いから」

「そうね。確かに、少しお堅いかもしれないわ」

　フィロミナはくすくす笑い、イングリッドの肩に腕を回した。「私はね、あなたが殻を破って楽しめたことが嬉《うれ》しいの。だってこれまでは、とにかく働いて寝ての繰り返しだったでしょう。でも、妊娠してしまったことは気の毒に思う。そういう不測の事態は誰にも起きてほしくないわ」

「ありがとう。私……」そのとき、腹部に鋭い痛みが走り、イングリッドは悲鳴をあげておなかを抱えた。これはブラクストン・ヒックス収縮じゃない。息を吸い込もうとしたが、締めつけられるような痛みが体を貫いた。

「どうしたの、イングリッド。大丈夫？」

「助けを……呼んで」

　イングリッドがそう言うか言わないかのうちに、フィロミナは立ち上がってドアへ向かった。

　痛みのせいで部屋がぐるぐる回っている。フィロミナは当直室の前に立ち、ストレッチャーを持ってくるよう大声で叫んでいる。イングリッドは膝からくずおれた。白い靴が視線の先に見えたかと思うと、頬を冷たいタイルの床に打ちつけた。そして、すべてが真っ暗になった。

　廊下を進んでいくイングリッドの後ろ姿が、クリントの目にとまった。検査室で話して以来、彼女が自分を避けているのはわかっていた。それまでクリントがしていたのと同じように。

イングリッドが言ったことは正しい。僕は彼女を避けていた。

そのほうがお互いのためなのだ。

二週間前、イングリッドが検査室から出ていってしまったあのとき、本当は彼女を追いかけて理由を伝えたかった。

でも、できなかった。

クリントは彼女を放っておいた。そしていま、彼は心が引き裂かれるような思いを味わっていた。

イングリッドと話をしろ。

クリントがそれを実行しようとしていたとき、イングリッドは女性医師に話しかけられ、二人で当直室へ入ってしまった。クリントは向きを変えて歩き出したが、足をとめ、当直室を振り返った。

僕はイングリッドと話をしなければならない。彼女に伝えなければならない。彼女を避けていたのは、僕が壊れていて、彼女と赤ん坊を傷つけたくないからだと。僕はいい父親にはなれないからだと。

言い訳を並べ立てているように聞こえるだろうが、ほかに選択肢はない。

僕は当面はこの病院で働かなくてはならない。牧場の修繕費がたまったら、医者をやめられる。そのあとは二度と医療行為を行うことはない。

医療現場を去りたくなるなんて、以前の僕なら考えられないことだ。外傷外科医になることが夢だったのだから。だが除隊して以来、手術を行うことが日に日に難しくなってきている。フラッシュバックが起きる頻度が増えており、それが恐ろしくてたまらなかった。

患者を危険にさらすことだけはしたくない。だからこそ、人生を捧《ささ》げていたはずの医療の道から、できるだけ早く離れるつもりでいるのだ。

そうするのが一番なのだ。

〝私は臆病者を育てた覚えはない。つねに高潔な人間でいろ〟

父親の声が頭の中で響いた。もし父がいまも生きていたら、息子を恥ずかしく思っただろう。いまの僕は、高潔さとは対極のところにいるのだから。

クリントは小さく悪態をついた。イングリッドと話をしよう。僕は彼女を支え、彼女と子供が平穏無事に暮らしていけるようにする。やらなければならないことはそれだけだ。

当直室のドアが勢いよく開き、イングリッドじゃないほうの女性医師が目を見開いて出てきた。「緊急コールを発信して。緊急カートとストレッチャーがいるわ。いますぐ！」

そのとき、意識を失って倒れているイングリッドの姿が見えた。

なんてことだ。

クリントは気がついたらイングリッドのそばに駆け寄り、ストレッチャーが運ばれてくると、大声で指示を出していた。イングリッドを抱き上げ、ストレッチャーにのせる。耳に水が入ったかのように、周囲の音がぼやける。聞こえるのは自分の心臓の音だけだった。アドレナリンに突き動かされ、イングリッドの顔だけに意識を集中させていた。

「ドクター・シャロン・ダグラスを呼び出して！」イングリッドの友人が叫んだ。

ストレッチャーを一番近くの検査室へ運んだ。クリントはイングリッドから目を離さなかった。何もかもがスローモーションで動いているようだった。だが、現実はそうじゃないとクリントにはわかっていた。すべてがものすごい速さで進んでいた。

6

イングリッドが目を開けると、網膜が焼けそうなほど日差しがまぶしく感じられた。

彼女はうなり声をあげた。

「おはよう。それとも、こんにちはかな」

もう一度目を開けて、焦点が合ってくると、クリントがベッド脇の椅子に座っているのがわかった。

上体を起こそうとしたが、そこは病室のベッドで、点滴に繋《つな》がれていた。そして思い出した。痛みに襲われ、床に倒れたことを。

「何があったの？」イングリッドは尋ねた。ゆるやかなリズムを打っていたモニターの電子音が不規則になる。

「落ち着いて」クリントが優しい声で言った。「興奮しないようにしないと」

イングリッドは再び横になった。おなかは丸いままだ。そのとき、赤ん坊がおなかを蹴った。彼女は目を閉じて、心の中で神に感謝の言葉を唱えた。

「赤ちゃんは無事なの？」震える声で尋ねる。

「ああ、無事だ」

「いったい何が起きたの？」

「無理しすぎたのよ！」

イングリッドが顔を上げると、主治医が病室に入ってきた。ドクター・シャロン・ダグラスは、クリントのほうに顎をしゃくった。

「こんにちは、ドクター・アレン」

「どうも、ドクター・ダグラス」クリントは椅子の背にもたれた。

シャロンは眉をひそめてイングリッドを見た。イングリッドにとってシャロンは友人であり、仕事仲間でもあるが、この瞬間は違っていた。イングリッドは突然、校長室に呼び出された学生のような気分になった。

「ドクター・アレンが赤ちゃんの父親なのね」シャロンは言った。

「ええ。でもＤＮＡ検査が必要だけど」

「わかった。手配するわ。赤ちゃんが生まれたらね」シャロンはかぶりを振り、イングリッドのカルテに何か書き込んだ。「無理しちゃだめだって言ったでしょう。血圧が危険なレベルまで上がっていたわ。もう仕事はしちゃだめよ」

「なんですって？　産休までまだ十週間あるのよ」

「もうないのよ」シャロンはカルテを閉じた。「妊娠高血圧腎症の疑いがあるから、数日間入院してモニタリングを受けてもらうわ。結果が良好であれば退院を許可するけど、出産まではベッドで安静にしていないとだめよ」

シャロンが病室を出ていくと、イングリッドはうなり声を出した。「どうしたらいいのかしら？」

「医者の指示に従うんだよ」

イングリッドはクリントをにらんだ。「あなたはここで何をしているの？　私を避けているんだと思っていたけど」

クリントは顔をこすった。「医者の助けを必要としている人間を避けるのは難しいんだ」

「そう。でも、もうここにいる必要はないわ」

「僕はここに残るよ」

「なぜ？」

クリントはにっこりした。「君は僕の患者でもあるからね。たとえ君がそう思っていなくても」

「あなたのほかの患者はどうなるの？」

「いまは非番なんだ。僕を追い出すことはできないよ、イングリッド」

「驚いたわ。あなたはこの前からずっと私を避けていたのに」

「そして、君も僕を避けていた」

　イングリッドは片眉を吊《つ》り上げた。「気づいていたのね」

「君はさりげなくやるのは得意じゃないらしい」

　イングリッドはため息をついて枕に頭を預けた。

「私、ベッドで寝ているわけにはいかないの」

「ほかに選択肢はないよ」

「どうかしら」イングリッドは窓の外に目をやった。雪がひらひらと街に舞い落ちている。「フィロミナはどこ？」

「君がフィロミナじゃなかったっけ？」

「違うわ。友人のフィロミナ・レミンスキー。私が気を失う直前まで一緒にいたはずよ」

「ああ、そうか。君は友人の名前を使ったんだったね。彼女は君がなりすまし詐欺を働いたことを知っているのかい？」

　イングリッドは目をぐるりと回した。「最低ね」

「気を失う直前のことは覚えているか？」

「いいえ。どうして？」

　イングリッドはクリントを見つめた。私、何か言ったり、したりしたのかしら。頭の中の記憶の断片を探ってみたが、具体的なことは何も思い出せなかった。

〝イングリッド、戻ってきてくれ〟

　おぼろげな記憶の中から聞こえてきたのはクリントの声だった。彼はずっとそばにいたの？

「気にしなくていい」クリントは立ち上がった。「何か食べるものを持ってくるよ。連絡してほしい人はいるかい？　近くにご家族は？」

「ええと、父がいるわ。ベルフーシュに住んでいるの」

「電話しようか？」

　イングリッドは鼻を鳴らした。「結構よ」

クリントはイングリッドの返事にぎょっとした。父親を呼ばないって、どういうことだ？

「お父さんの電話番号は？」

「私の緊急連絡先に載っているわ。でも電話はしなくていい」

彼はイングリッドの寂しげな声に驚いた。「お父さんがだめなら、ほかに連絡できる人は？」

「いないわ」イングリッドはため息をついた。「ごめんなさい。ただ……私は父から、自分の面倒は自分で見ろと言われて育ったの。だから父はここには来ないわ。私は自分でなんとかしなくちゃいけないの」

「ドクター・ダグラスははっきり言っていたよ。君は誰かの助けを借りないとだめだって」

イングリッドが顔を歪《ゆが》めると、モニターに表示される心拍数が上がり始めた。僕はもう黙るべきだ。クリントはそう思った。彼女は血圧の上昇を抑えなければならないのだから。

あのとき、クリントは恐怖に駆られながら、医師や看護師たちがイングリッドの処置にあたるのを見つめていた。

イングリッドは一瞬意識を取り戻し、手を伸ばしてクリントの手を握った。

〝助けて、クリント。すごく痛いの〟

「何を見ているのよ」イングリッドが言った。

「なんでもないよ……お父さんに電話してくる」

イングリッドはうなずき、顔をそむけて窓の向こうを見つめた。ベッドに横たわり、毛布を体にかけて、点滴とモニターに繋がれている彼女はとてもか弱く見えた。クリントは病室を出て、ドアにかけられたカルテをつかむと、近くにある電話へ向かった。

イングリッドはおそらく、自分の父親を過小評価しているのだ。もっと親の優しさを信じるべきだ。

とはいえ、僕はイングリッドの父親になんて言えばいいのだろう。〝こんにちは。僕が娘さんを妊娠させた男です〟とでも言うのか？

しっかりしろ。

クリントはイングリッドの父親の電話番号を見つけてダイヤルした。呼び出し音が三回鳴ったあと、男性が電話に出た。

「もしもし？」

「ミスター・ウォルトンはいらっしゃいますか？」

「私だが」

「ミスター・ウォルトン、僕はドクター・クリント・アレンといいます。ラピッドシティ・ヘルス・サイエンス・センターで――」

「娘がどうかしたのか？」ミスター・ウォルトンがクリントを遮った。クリントは彼の声から、心配や不安がいっさい感じられないことに気づいた。

「激しい子宮収縮を起こして倒れたんです」クリントはそこで言葉をとめ、反応を待った。普通の親なら、いまごろ次々と質問をぶつけているだろう。「症状は治まりましたが、あいにくイングリッドはもう仕事ができません。ベッドで安静にしている必要があります」

「どれぐらいのあいだだ？」

「出産までずっとです。妊娠高血圧腎症を発症する危険があるので」

「そうか」ミスター・ウォルトンは言った。「知らせてくれてありがとう」

それしか言うことがないのか？　これが電話ではなく直接の対面だったなら、僕はこんなに礼儀正しくはいられなかっただろう。

娘のことが心配じゃないのか？

「イングリッドには助けが必要なんです、ミスター・ウォルトン」クリントは必死で怒りを抑えようとした。「退院しても、出産までは絶対安静を命じられています。それなのに、世話をしてくれる人が誰もいないんですよ」

「ドクター・アレン」ミスター・ウォルトンの声色が変わった。クリントは少なくとも、彼からなんらかの感情を引き出すことはできたようだ。「娘の近況を知らせてくれたことは感謝する。本当だ。娘は私に何も言わないだろうし、私もそれでいいと思っているから。犯した過ちの責任は自分で取らなくてはいけない。娘はもう大人だ。自分の面倒ぐらい自分で見られるさ」

「いいえ」クリントは言った。「まさにそれが僕の言いたいことなんです。いまのイングリッドは自分の面倒が見られない。そばにいて、世話してくれる人が必要なんです」

「看護師を雇えばいいのでは？」

「看護師に金を払って、娘さんの世話をさせるつもりですか？」

「いや。それは自分で払えるだろう。私は子供を甘やかすことはしないんだ」

クリントは受話器を強く握りしめながら、傲慢で冷淡なミスター・ウォルトンの首を絞めるのを想像せずにはいられなかった。

「ミスター・ウォルトン、僕は娘さんの担当医としてお願いしています。ここに来て娘さんを助けてあげてください」

「たしか娘の主治医はドクター・ダグラスのはずだ。君がいったい何者で、なぜ私に電話してきたのか知りたいところだな。ドクター・ダグラスが指導する研修医か？　そうだとしたら軽率な行動だし、感心しないな」

「僕は研修医じゃありませんよ」

「じゃあ、産科医じゃないのか？」

「違います」クリントは食いしばった歯の間から声を出した。

「だったら、これで失礼するよ、ドクター・アレン。娘の近況を知らせてくれてどうも」

クリントが言い返す前に、ミスター・ウォルトンは電話を切ってしまった。

クリントは受話器を置き、いら立ちまぎれに髪に手を差し入れて頭を掻《か》いた。イングリッドには頼る人が誰もいない。

彼女は一人ぼっちだ。

クリントは目を閉じ、落ち着こうと深く息を吸った。

ほかに選択の余地はない。僕がイングリッドの世話をして、彼女が安静に過ごせるようにしなければならない。僕がすべきことはそれだけだ。赤ん坊が無事に生まれたら、彼女から離れればいい。

たとえ僕の子供だとしても。

僕は離れなければならない。

ほかに選択肢はない。

7

窓から差し込んでくる日の光にX線検査の写真をかざし、イングリッドは目をこらした。

いま、イングリッドがX線写真を持っていることを知っているのは、実習生のローズだけだ。ローズはイングリッドからポケットベルで呼び出され、病室にX線写真をこっそり持ってきた。もちろん、問題ないとイングリッドが請け合ったあとでのことだ。病室のベッドでくつろいでいても、脊椎骨端異形成症患者のX線画像を解析し、診断できる自信がある。

退院できず病室にいなければならないのなら、なんとかしてこの状況をうまく利用するつもりだ。

いまの自分の状況について、父親が興味を示さず、同情もしていないことは驚きではなかった。クリントがとても憤慨した様子で教えてくれた。父がイングリッドの面倒を見に来るのを拒み、娘が自分で付き添い看護師を雇えばよい、と言ったことを。

もともと父はそういう人だった。自立を重んじ、犯した過ちの責任は自分で取るべきだと考えている。父は何度もイングリッドにこう言った。おまえの母親と結婚しておまえをもうけたことは間違いだったが、私は妻が出ていったあとも、ちゃんとおまえを育てたのだと。

私は働かなければならない。ベッドでただ寝ているなんて、そんな贅沢《ぜいたく》は許されない。この状況でも、なんとかして仕事を続けなければならない。

「何をしているんだ？」

イングリッドは写真をおろし、病室に入ってきたクリントを見た。スクラブではなく白衣を着ているのを見るのは初めてだった。

白衣の下の青いシャツが、鮮やかな青の瞳を際立たせている。

「質問をしたんだが」クリントはイングリッドの手からX線写真を奪い取った。「これは何だ？」

「X線写真よ」

「それはわかっている。どこから取ってきた？」

「持ってきてほしいと頼んだの」

「君は安静にしていないといけないんだぞ！」

「わかっているわよ」イングリッドは写真を取り返した。「ベッドを出て取りに行ったわけじゃないわ。でもこれは特別な処置が必要な患者で、産休が終わって復帰したら、四肢の延長術を行わなければならないの」

「だが、いまは君は仕事をすべきじゃない。休んでいないとだめだろう」

「この二日間、ずっと休んでいたわよ」イングリッドはX線写真を封筒に戻した。「ところで、なぜそんな格好をしているの？」

「これから実習生たちの前で、外傷外科医という仕事のすばらしさについてスピーチをしなくちゃならないんだ」

「楽しそうね」

「楽しくはないよ」

イングリッドはくすくす笑った。「人前で話をするのは好きじゃないの？」

「好きじゃない。一人で仕事をしているほうが静かでいい」クリントはベッド脇の椅子に腰をおろした。

「ここでスピーチの練習をしたい？」イングリッドは自分がそんな提案をしたのが信じられなかった。スピーチをするのも、聞くのも好きじゃない。手術を行ったり、骨を整復したりするほうがずっと好きだ。患者にギプスを装着するだけでもいい。

ああ、関節を元に戻す感覚が懐かしい。

「本当は、僕の感動的なスピーチなんて聞きたくないんだろう」クリントはにんまりした。

「そうよ、聞きたくないわ。あなたの役に立って、時間をつぶそうとしていただけ」イングリッドはため息をついた。

「退屈しているんだね」

「あら、なぜわかったの？」

クリントは髪に手を差し入れて頭を掻《か》いた。イングリッドは手を伸ばして、彼の乱れた髪を元に戻したが、自分が何をしているのか気づいて固まった。

クリントは彼女の手をつかんだ。

イングリッドの頬がほてる。二人はしばらくのあいだ見つめ合っていたが、イングリッドにはまるで永遠のように長く感じられた。

クリントは彼女の手を放し、咳払《せきばら》いをした。「君のお父さんにもう一度電話してみたんだ」

「時間の無駄だったでしょう」

「正しいとは思えないよ、お父さんの行動は」

イングリッドは平然を装って肩をすくめたが、本当はつらかった。すごくつらい。とはいえ、父の反応は意外ではなかったが。

私はいったいどうしたらいいの？

実のところ、こう自問したのはこれが初めてだった。

妊娠検査薬のスティックに青い線が浮かび上がったときは、そんなふうには思わなかった。イングリッドはどうすべきか考えた。予算を組み、計画を立てた。これまでずっと、人生が大きく変化するときにはそうやって取り組んできたのだ。

どんなことが起きても、私はうまく対処してきた。だったら、なぜいまはこんなにつらいのだろう？

「そうかもね。でも、うちの父はああいう人だから。それで、あなたからまた電話がかかってきて、父はなんて言ったの？」

クリントはかぶりを振った。「本当に知りたいのか？」

「いいえ……そうね……わからないわ」

「お父さんは、君が一人で対処できるって言ったんだ」

イングリッドはうなずいた。「そのとおりよ」

クリントは耳を疑った。「そのとおりって？」

青ざめた表情から、彼女が動揺しているのがわかった。

「父は正しいってことよ。これは私の問題だし、自分でなんとかできるわ。厄介なことが起きても、いつだって自分で収拾をつけてきたんだから」

「君にとって妊娠は厄介ごとなのか？」

こめかみをこするイングリッドの顔から血の気が引いていく。モニターに表示される血圧の数値が上昇し始めた。

「イングリッド、大丈夫か？」

「大丈夫よ」イングリッドは歯を食いしばった。

「とにかく落ち着くんだ」

イングリッドはうなずいて目を閉じ、深く息を吸った。クリントはモニターを見つめた。すぐに数値は安定した。

「僕は行くよ」

イングリッドは頭の向きを変えた。「私は少し休むわ」

クリントはブラインドをおろして部屋を暗くした。

「ゆっくり休んで」

「やってみるわ」イングリッドの声は張りつめていた。

看護師に、イングリッドの数値を観察しておくよう言わなければ。ドクター・ダグラスに会いに行き、血圧の上昇について伝えなければ。それに、誰も彼女の病室にX線写真を持っていかないようにさせなければ。イングリッドは仕事をしてはいけない。彼女には休養が必要なのだ。

僕にできるのはそれぐらいだ。クリントはX線写真の入った封筒をつかんで病室を出た。ドアを閉めようとすると、イングリッドが向きを変えて彼のほうを見た。

「裸だと思えばいいのよ」

クリントは動きをとめた。「なんだって？」

イングリッドはにっこりした。「相手が裸だと思えば、そんなに緊張しないでしょう。私はいつもそうしているの」

「いまもそうしているのかい？」クリントは興味をそそられて尋ねた。「初めて会ったときも、僕の裸を想像していたのか？」

「たぶん」イングリッドの瞳がきらめいた。「でも、どうかしら。あのときはただ酔っ払っていただけよ。がっかりした？」

「少しね」

　イングリッドは含み笑いをした。「じゃあ、次に会ったときはあなたの裸を思い描くようにするわ」

「少し休むんだ、ドクター・ウォルトン。これは命令だ」

　イングリッドはうなずいて、窓のほうを向いた。

　クリントはドアを閉めた。頭に一瞬、これから行うスピーチのことが浮かんだが、すぐに消えて、イングリッドのこと――クリントの裸を思い浮かべている彼女のことしか考えられなくなった。そして、彼はイングリッドの裸を思い浮かべてみた。だが、そんなことをしても何もいいことはなかった。

　とりわけ、僕にいいことは何もない。

　イングリッドのそばにいるのは危険だ。

8

　イングリッドは二週間ベッドから出られなかった。突発的な血圧の上昇があり、自宅に戻っても面倒を見てくれる人もいないため、ドクター・ダグラスに、病院にいるべきだと判断されたのだ。

　少なくとも、病院にいれば一人ぼっちではなかった。フィロミナが会いに来てくれるからだ。二人はいま、ボードゲームのスクラブルをしていた。

「それで、ドクター・アレンは会いに来てくれているの？」フィロミナはからかうような口調で尋ねた。

　クリントはよく病室に来た。勤務が始まる前と終わったあとに立ち寄っては、ぎこちないおしゃべりをして帰っていく。

　実際のところ、彼の訪問は苦痛だった。

　クリントはイングリッドの言葉に興味を示し、熱心に耳を傾けるときもあり、そういうときは、症例や病院のスタッフについて楽しくおしゃべりができた。だが、彼はたいていよそよそしく、そっけなかった。そういう彼の態度にイングリッドはうんざりしていた。

「どうなの？」フィロミナがまた尋ねた。

「一日に二度は来るわ」

「ふうん、そうなの」フィロミナはにんまりして、スクラブルのボードの向きを変え、並んだアルファベットをイングリッドが読めるようにした。

　イングリッドはかがんでアルファベットを読んだ。

「ＹＯＬＯ？　ＹＯＬＯって何？」

「人生は一度きり《ユー・オンリー・リブ・ワンス》よ」

「たしか、八カ月前にも似たようなことを言われたわよね。その結果がこれよ」

「いいじゃないの。軍医と熱いセックスができたんだから」フィロミナは言った。「あなた、あの夜については曖昧にしか話してくれないけど、すごくよかったんでしょう？」

「答えは控えさせてもらうわ」ボードにコマを並べているとき、イングリッドは鋭い痛みを感じた。腹部が引き裂かれるような激痛だった。動きをとめて息を吸い込み、痛みが治まるのを待つ。

　しっかりしなくちゃ。落ち着いて、血圧を安定させておかなければ。

　いまは妊娠三十五週目だ。出産に至っても赤ん坊の命に別状はないだろうが、健康上のリスクを考えると、おなかの中にできるだけ長くいるほうがいい。今朝ドクター・ダグラスは、胎児の肺の成熟を促すためにステロイドを投与した。よくない兆候だ。

「大丈夫？」フィロミナが尋ねた。

　深く息を吸ってから、イングリッドは笑みを浮かべた。「大丈夫よ」

フィロミナは納得していないようだった。ポケットベルが鳴り、イングリッドはほっとした。フィロミナはポケットベルを取り出して顔をしかめた。

「行かなきゃ」フィロミナは立ち上がった。「本当に大丈夫？」

「大丈夫よ。ただ退屈なだけ」

それは事実だった。とても退屈で、外の世界から遮断されているような気分だ。でも、タウンハウスに戻ることはできない。ベッドで横になっているイングリッドを世話してくれる人はいないからだ。

もし父さんが来てくれたら……イングリッドはそのことは考えないようにした。考えても仕方がない。

「いらいらしているみたいだね」

イングリッドが顔を上げると、クリントがドア口に立っていた。フィロミナの姿はない。フィロミナが出ていったのすら気づかないなんて、私ったらどうかしているわ。

「なんですって？」

彼は部屋に入ってきた。「一人で何かぶつぶつ言っていたよ」

「シフトは終わったの？」

「いや。休憩時間なんだ」彼はベッド脇へやってきて、首を伸ばしてスクラブルのボードを見つめた。

「ＹＯＬＯ？」

イングリッドは小さく笑った。「聞かないで」

そのときだった。引き裂かれるような痛みがまた襲ってきた。あまりの激痛に、息が苦しくなる。

「イングリッド？」

息ができない。肺がいまにも爆発しそうだ。そのとき、脚の付け根から温かい液体が勢いよく流れ出た。

下を見ると、シーツを汚しているのは羊水だけではなかった。

そして、痛みが体を貫いた。イングリッドは金切り声をあげた。「お願い、助けて!」

あえいでいるイングリッドを前に、クリントは固まった。外傷外科医なのに、毎日血を見ているはずなのに、動くことができない。監獄で聞いた叫び声が頭の中で鳴り響く。彼が麻酔薬なしで応急処置をした男たちの叫びが。

「クリント!」

クリントは現実に意識を戻し、手を伸ばして緊急ボタンを押した。アラーム音が鳴り、看護師や実習生が病室へ駆け込んできた。

「ドクター・ダグラスを呼んでくれ、いますぐ!」クリントは大声で言った。

僕は外傷外科医だ。患者の体を開いて修復し、縫い合わせるのは得意なはずだ。だが、いま出産しようとしているのはイングリッドなのだ。

彼女は僕の子供を産もうとしている。

僕には抱えきれない。

「クリント」イングリッドは手を伸ばし、クリントの手を爪が食い込むほど強く握った。「怖いわ」

クリントはイングリッドに、自分も怖いと伝えたかった。だが何も言えなかった。すべてがスローモーションで動いているように見える中、ドクター・ダグラスが入ってきた。

イングリッドの容態を確認する彼女の声が耳に入らず、クリントはただ固まっていた。

「ドクター・アレン!」

クリントはかぶりを振って頭の中の靄《もや》を晴らし、ドクター・ダグラスを見た。

「胎盤早期乖離《かいり》よ。すぐに赤ちゃんを取り上げないと」

イングリッドは小さくうめき声をもらした。

クリントは言葉が出なかった。ただうなずいて、ストレッチャーが運び込まれるのを見つめていた。後ろに下がり、イングリッドの手を放す。ドクター・ダグラスと看護師たちはイングリッドをストレッチャーにのせ、手術室へ運ぶ準備を始めた。

僕はここから逃げ出すこともできる。手術室までついていかなくても、誰も気づかないだろう。

ストレッチャーが病室から運び出されていく。クリントは決断を迫られた。彼の中の何かが、いますぐ逃げ出すべきだと告げていた。だって、もしあとを追って手術室へ入ってしまったら――赤ん坊が生まれる瞬間に立ち会ってしまったら、僕はもう、距離を取ることはできなくなるだろう。

クリントはドア口をうろつき、ストレッチャーが廊下の突き当たりのエレベーターへ運ばれていくのを見つめた。そのとき、フラッシュバックが起きた。砂塵《さじん》が舞い上がり、ヘリコプターの轟音《ごうおん》が耳の中で鳴り響く。

意気地なしめ。

こんなのはばかげている。僕は意気地なしじゃない。もっとましな人間のはずだ。

だから、背を向けて救命救急室に戻ることはせず、彼はエレベーターへと走った。

「待ってくれ！」

用務員がエレベーターのドアを押さえてくれた。クリントは中へ乗り込み、イングリッドのそばへ行って彼女の手を取った。イングリッドは目を見開き、彼の手を強く握った。

「大丈夫だ。僕がそばにいる」

それは嘘《うそ》だった。僕は心からは彼女に寄り添えない。だが、いまここにいることはできる。だからいまはそばにいよう。それが僕にできる、せめてものことだから。

9

「気分はどう？」

イングリッドの歯ががたがた鳴る。「寒いわ」

マスクを着けていても、目を見ればクリントがほほ笑んでいるのがわかった。

「脊髄麻酔のせいだよ」彼は言った。

「わかっているわ」イングリッドは歯を鳴らしながら言い、体にかけられたドレープをちらりと見た。「手術を受ける側になるのは変な感じ。何をしているのか見られないなんて」

クリントは小さく笑った。「だろうね」

「ありがとう。一緒にいてくれて」

「当然のことだよ。ほかにどこにいろっていうんだい？」

彼の声にはためらいが滲《にじ》んでいた。心の奥底ではここにいたくないと思っていることが、イングリッドにはわかった。

だったらなぜここにいるのかしら？

でも、それって重要なこと？　彼はいまここにいる。私は一人ぼっちじゃない。

「赤ちゃんが出てくるわよ、イングリッド」ドクター・ダグラスがドレープの向こうから声をかけた。

イングリッドの体が左右に揺れた。麻酔のおかげで感覚はなかったが、突然小さな泣き声が聞こえ、手術室に響き渡った。

「男の子よ！」ドクター・ダグラスが言った。

男の子。

イングリッドは形容しがたい感情が押し寄せてくるのを感じた。私の息子。看護師が赤ん坊を新生児用ベッドに運んだ。アプガー指数を算出するために新生児科医が待機している。

「あなたも一緒に行って」イングリッドはささやいた。

「いや、あの子は大丈夫だ。僕は君のそばにいるよ」クリントは言った。

「でも――」

「大丈夫だよ。あの子はちゃんと守られている」

イングリッドはうなずいた。「私、今朝ステロイド注射を打ったばかりなの。まだ赤ちゃんには作用していなかったはずよ」

どうか赤ちゃんの肺に問題がありませんように。苦境に立ったことは何度もあるし、リスクの高い手術も幾度となく行ったけれど、これほど恐怖を覚え、自分の無力さを痛感したことはなかった。

これが親になったということなのかしら。

そうだとしたら、まだ心の準備ができていない。

「これからどうやっていけばいいのかしら？」イングリッドはつぶやいた。

「とにかく一日一日を乗り切っていくんだ」

「私はそういうことはしないわ。前もって計画するのよ」

「だったら、好きなように計画を練ればいい。だが、人生は必ずしも計画どおりにはいかない」

「その日その日をとにかく乗り切るって、どうやるの？」

「ただ、そうするんだ」クリントは言った。「僕は帰国してからずっとそうしている」

「詳しく教えて」

彼はかぶりを振った。「そのことについては話したくないな」

「ごめんなさい」イングリッドは唇を噛《か》み、天井を見つめた。「赤ん坊を見てきてくれる？」

「いいよ。君がそうしてほしければ」

「そうしてほしいわ」

　クリントは立ち上がって新生児用ベッドに近づくと、一歩下がって、新生児科医のドクター・スティーンが赤ん坊の状態を調べるのを見つめた。

「よくやったわ、イングリッド。大きく息を吸って」ドクター・ダグラスが言った。

「ありがとう、ドクター・ダグラス」イングリッドはうなずいたが、ドレープのほうは見ずに、新生児用ベッドにいる息子を見つめていた。しばらくすると保育器が運び込まれた。赤ん坊は保育器に移され、蘇生《そせい》バッグを装着された。

　恐怖でイングリッドの胃が締めつけられた。血圧が上がり、モニターからアラーム音が鳴った。

「クリント、どうなっているの？」

「答えてあげて、ドクター・アレン」ドクター・ダグラスが言った。

　クリントがそばへやってきた。「ドクター・スティーンによると、赤ん坊の肺が発達しきっていないらしい。息をするときにうめいているんだ。これから新生児集中治療室《NICU》に移動させる」

　そんな。

　無力感が押し寄せる。その感覚がイングリッドは好きではなかった。私は医師で、力を駆使して物事を進めていく人間だ。でもいまはそれができない。私は子供を産み、その子は助けを必要としている。

　私が与えられない助けを。

「どんな様子なの？」

「見たところは元気だったよ」クリントは言った。

「もっとちゃんと教えてあげて、ドクター・アレン」ドクター・ダグラスが言った。「元気だった、だけじゃわからないわ」

「いいのよ、シャノン」イングリッドはクリントにほほ笑みかけた。「つけたい名前はある？」

　クリントは頭を傾けた。「いや。君が名前をつけたらどうかな。なんでも好きな名前を」

「なんでもいいの？　じゃあ、フランクリンとかホークとか……」

「わかった、なんでもはよくないな。鷹《ホーク》って、本気かい？」

　イングリッドは笑い声をあげた。「体が固まっているときに笑うのは難しいわ」

「だろうね」

「じゃあ、ホークはだめね」

「ホークはだめだ。フランクリンも禁止。亀のキャラクターの名前をつけたみたいじゃないか」

「本気でフランクリンにしようと思っていたわけじゃないわ。ジェイスはどう？」

「それならいいよ」

　イングリッドはにっこりした。赤ん坊のことで、クリントと意見が合ったのはこれが初めてだった。

「名前を決めたの？」ドクター・ダグラスが尋ねた。

「ええ、ジェイスよ」

「いい名前だわ、ママとパパ。もう少しで切開部の縫合が終わるわよ」

「パパ？」クリントの声がこわばった。「まだ、パパと呼ばれる心の準備はできていないな」

「でも、あなたはパパなのよ」イングリッドは言った。

　クリントはため息をついた。「まだわからないよ。検査を受けていないんだから」

　涙が込み上げそうになり、イングリッドは必死で失望を隠した。「もちろんそうよね」

　彼女はかぶりを振り、天井を見つめた。帝王切開なんて予定外だった。体の回復に時間がかかる。そばにいて面倒を見てくれる人が必要だ。

　いったいどうしたらいいの？

10

ＤＮＡ検査の結果が出た。

クリントはジェイスの父親だ。

正直なところ、クリントは赤ん坊を見た瞬間から、自分が父親だとわかっていた。

いまクリントは、病室を歩き回って荷造りをしているイングリッドをドア口から見つめていた。彼女は帰宅が許可されたが、ジェイスはまだ退院できない。だから、彼女は一人で家に帰ることになる。

僕が行動を起こさない限りは。

だがイングリッドを家に連れて帰れば、僕は彼女の生活に全面的に関わることになる。

イングリッドが何かをつかもうとして顔を歪《ゆが》めた。

彼女を一人にしてはおけない。

息子が新生児集中治療室《NICU》にいるあいだは。イングリッドが体を回復させるために助けを必要としているあいだは。

クリントは小声で毒づき、両手で髪を掻《か》き上げた。

僕はいますぐ背を向けて逃げ出すべきだ。再会したあのとき——妊娠したイングリッドが診察室に入ってきたあのときから、僕はずっと自分にそう言い聞かせてきた。

僕はイングリッドにふさわしくない。僕は壊れた人間だ。イングリッドはもっとましなものを手に入れるべきだ。

クリントは病室に入った。イングリッドは顔を上げ、不思議そうに目を見開いた。

「どうやって家に帰るんだい、イングリッド？」

「タクシーよ」

「よかった。運転しないんだね」

イングリッドは肩をすくめた。「しちゃいけないことはわかっているもの。六週間は運転しちゃだめ、重い物を持ち上げるのもだめ。あと……」そこで顔を赤らめ、咳払《せきばら》いをした。「セックスもだめ」

クリントは眉を吊《つ》り上げた。「それは重要なことなのかい？」

イングリッドは顔をしかめた。「いいえ。ただ暗記していることを口にしただけよ」

「君の世話は誰がするんだ？」

「私よ」

「じゃあ、ジェイスに会いたいときは、どうやって病院へ来るのかな？」

「タクシーだと思うわ。ルームメイトの車に乗せてもらえないときはね」

「君のルームメイトたちは、早産児と暮らすことについてはどう思っているんだい？　つまり、ジェイスが退院したあとのことだけれど」

「まだ先の話よ。ドクター・スティーンの診断を聞いたでしょう。ジェイスは肺が成熟するまで人工呼吸器に繋《つな》がれていないといけないの。だから、まだ時間があるわ」イングリッドはまた顔をしかめておなかに手を当てると、椅子にゆっくり座った。

深呼吸する彼女を、クリントは見つめた。いつもきれいにまとまっていたブロンドの髪は縮れてぼさぼさだ。服はだぼっとしていて、顔は青白く、目の下にはくまができている。

それでも彼女は美しかった。

僕はいまでも彼女が欲しい。そしてそのことが、怖くてたまらない。

「君は大変な目にあったんだ。大量に出血したし、ずっと入院していてストレスを感じているだろうし、それに――」

「何が言いたいの、ドクター・アレン？」イングリッドは疲れた声で尋ねた。

「僕の家に来るんだ」

イングリッドは頭を振った。聞き間違いかしら？

「あなたの家？」

「僕は君の世話をしたい。ジェイスに会いに来るときも僕が送り迎えするよ。君は一人ぼっちにならないですむ」

「私は一人ぼっちじゃないわ」

だが、イングリッドは一人ぼっちだった。

ルームメイトたちはみんな多忙だ。一日に何度も泣き叫ぶ赤ん坊がいたら、家の中がめちゃくちゃになってしまう。

それに、私の部屋は狭くて散らかっている。隅に押し込まれたベビーベッドから自分のベッドまではゆとりもなく、チェストの上でおむつを交換しなければならない。

自分は準備ができていると思っていた。一人で、ちゃんと物事を進められていると。

子供が生まれるまで、もっと時間があるはずだったのだ。こんなふうに出産に至るとは思っていなかった。

頭の中で計画して進めてきたことを手放すのは難しい。でも私はもう、一人で物事を進めていける状態じゃない。だぶっとしたシャツとパンツを見おろしながら、イングリッドは思った。いつのまにこんなことになってしまったのだろう。

「私は一人ぼっちだわ」ため息をついて認めた。「あなたの言うとおりね」

「僕のところに来てくれ。うちなら十分なスペースがある。実は牧場に住んでいるんだ」

「でも、それって賢明な行動かしら？　私たち、お互いのことをほとんど知らないのに」

クリントは腕を組んだ。「そうだな。僕たちは知り合って一カ月と少しくらいか。でも、僕たちの間には息子がいる。僕は息子の誕生にも立ち会ったし、僕らは同じ職場で働いている。君が僕の家に来ても安全だと思う」彼は顔をこすり、ベッドの端に座ってイングリッドと向かい合った。「大変な経験をしたのに、君は一人ぼっちだ。僕の家には君が専用で使える部屋もバスルームもある」

「わあ、まさにランチハウスって感じね」

　クリントはにっこりした。「ああ、実はまだ完成していないんだ。内装はほぼできあがっているが、外から見える部分が若干みすぼらしい」

「私、あなたはジェイスとは関わりたくないんだと思っていたわ」

「なぜそう思ったんだ？」

「そうね。まず、あなたはジェイスが自分の息子だと信じていなかった」イングリッドは肩をすくめた。「それにあの子のことになると、あなたはすごくよそよそしくなるもの。看護師が言っていたわ。あなたがあの子に会いに来ないって」

「忙しかったんだ。聞いてくれ。僕は君の世話をしてあげられる。体が回復するまで僕のところにいたらいいじゃないか」

　そうするのが正しい。ジェイスのためにも、友人を敵に回さないためにも。ルームメイトたちはきっと、午前二時の赤ん坊の泣き声には耐えられないだろう。少なくとも、体が回復するまではクリントの家にいたほうがいい。そのほうがジェイスのためになる。でも、私にとってはいいこととは言えない。

　クリントと同じ屋根の下に閉じ込められるのだ。彼は、私に警戒心を投げ出してもいいと思わせたたった一人の男性だ。私が体を重ねた唯一の相手で、私の心の中にずっと居座っている人。

　彼と同居なんて。いったいどうすればいいの？

「イングリッド？」

　イングリッドはかぶりを振った。「ごめんなさい。

そうね。あなたの家に行くわ。とりあえず、しばらくのあいだはね」

「よかった」クリントは立ち上がり、イングリッドのスーツケースをつかんだ。「車椅子を取ってくるから、ここで待っていてくれ」

「車椅子は必要ないわ」

クリントはイングリッドをにらんだ。「手術を受けた患者が退院するときは、車椅子に乗せるのが病院の決まりだ」

イングリッドは息をついた。「わかった。ここで待っているわ」

クリントは首を縦に振った。「君に選択肢はない。わかっているね。運転も、重い荷物を運ぶのもだめだよ」彼は振り返って指をぱちんと鳴らした。「ああ、それと、セックスもだめだ」

彼の瞳がきらめくのを見て、イングリッドは頬を赤らめた。

「私の気が変わる前に車椅子を取ってきてくれる？」

彼はうなずいて病室を出ていった。

イングリッドは椅子にどさりと腰をおろした。私はいったい何をしているの？

自分よりましな人生を、ジェイスに与えようとしているのだ。

私は息子に、父親と母親の両方に接する機会を与えようとしている。ジェイスに、父親のことを知らないまま大人になってほしくない。私のような子供時代を過ごしてほしくない。

11

空からふわふわと雪が舞い落ちる中、二人が乗った車は州間高速道路九〇号線を北上し、ブラックホークへ向かっていた。雪のために少しスピードを落として進んでいたが、イングリッドは雪が好きなので気にならなかった。

「こんなに街から離れたところに住んでいるなんて知らなかったわ」

「そこまで離れてはいないよ」クリントは車を高速道路の出口へ進めた。「天気がよければ二十分で病院に着く。僕は喧噪《けんそう》から離れた場所が好きなんだ。それに夏は、丘の景色がすばらしい」

「私はバッドランズ国立公園が好き」

クリントはにっこりした。「僕もだ」

「だからラピッドシティで働くことにしたのよ。メイヨークリニックとか、ほかにも西海岸の病院からも打診はあったんだけど」

「本当に？　メイヨークリニックから？　お父さんはどう思ったのかな？」

「どうって？」

「君がメイヨーからのオファーを蹴ったことについてだよ」

イングリッドは窓に顔を向け、舞い落ちる雪を見ながら当時を思い出した。メイヨークリニックではなく、ラピッドシティ・ヘルス・サイエンス・センターで働くと伝えたとき、父は激怒した。

父は親子の縁を切ると言って脅し、脅しが効かないとわかると、今度はイングリッドの罪悪感を刺激しようとした。だがイングリッドは父と同じくらい頑固で、決して意志を曲げなかった。

イングリッドがベルフーシュの実家ではなく、ルームメイトたちとタウンハウスを借りて住んでいるのもそれが理由だった。父の期待に添えないイングリッドは、彼の家では歓迎されないのだ。

イングリッドの母も夫の期待に添おうとしなかった。だから彼女は出ていったのだと父は言っていた。

合わない夫のもとを離れるのは仕方がない。イングリッドが理解できないのは、なぜ母が自分まで置いて出ていったのか、ということだった。

「黙り込んでしまったね」

イングリッドは鼻を鳴らした。「あなたはどう思うの？　私の父と二回も話をしたんでしょう？　というか、なぜ私はそんなことまで話さなくちゃならないのかしら。あなたは自分のことをほとんど話してくれないのに」

イングリッドがちらりと目をやると、彼は顔をしかめていた。「どういう意味だ？」

「私が個人的な質問をするたびに、あなたは黙り込むじゃない」

「君が尋ねるのは、僕が海外で任務についていたときのことだけじゃないか。僕はそのことについては話したくないんだ。わかっているだろう」

イングリッドはうなずいた。「じゃあ、あなたの家族のことを話して」

「両親と妹と弟がいる」クリントはウインカーを点灯させた。「ああ、それに、姪《めい》っ子《こ》と甥《おい》っ子《こ》も」

「ずいぶん簡潔ね」

「君だって家族のことをあまり話さないだろう。お父さんのほかに家族はいるのかい？」

「母は私が幼いころに出ていったの。だから母のことは覚えていないわ」

「それは気の毒なことだ」クリントはちらりとイングリッドを見た。

イングリッドは肩をすくめた。「仕方のないことよ。それで、あなたの家族ってどんな人たち？　教えてよ。だって、彼らはジェイスの家族でもあるんだから」

「確かにそうだな」クリントは一瞬にっこりしたが、すぐにその笑みは消えてしまった。「でも、家族のことは話したくないんだ」

「なぜ？　勘当されたの？」

「いや。父は亡くなっていて、ほかの家族は……僕が任地から戻ってきていることも知らない」

「なんですって？　なぜ？」

「着いたよ」クリントは言った。

　イングリッドは彼から視線を外した。車は長い私道を進んで家の前でとまった。その家は少しくたびれて見えた。クリントは車を降り、トランクからイングリッドのスーツケースを取り出すと、助手席のドアを開けてくれた。

「すてきな……おうちね」

　クリントはにっこりした。「外見はよくないと言ったろう」

「家の中はましだっていう確信があるようね」

「ああ。外科医だから手先は器用なんだ」彼はイングリッドを連れて雪の降る小道を進み、玄関ドアの鍵を開けた。「ようこそ僕の家へ」

　中へ足を踏み入れたイングリッドは驚いた。

田舎風の素朴な造りだった。梁《はり》はむき出しで、リビングルームの突き当たりには石造りの暖炉がある。三角天井にいくつも設置された窓のおかげで、自然光がたっぷり差し込んでいる。

　家具は革張りで、布地は濃い色の格子柄で統一されていた。とても男性らしい家だが、イングリッドは気に入った。実家も男性らしいインテリアだった。

　唯一の違いは、父はもう少しクラシックな雰囲気を好んだことだ。

　イングリッドはこの家のほうが好きだった。

「どう思う？」クリントは尋ねた。

「すてき。とても美しい家だわ」

「君の部屋はあっちだ。キッチンの向こうだよ」

クリントはイングリッドを連れて広いキッチンへ入っていった。

「家に手を加える時間をどうやって確保しているの？」

クリントは肩をすくめた。「僕はいつも病院にいるわけじゃないんでね」

「よく言うわ」

彼はにっこりしてドアを開けた。「ここが来客用の寝室だ。バスルームつきだよ」

イングリッドは部屋の中へ入った。ルームメイトたちと住んでいるタウンハウスの自室より広い。ほかの部屋ほど田舎風ではないものの、大きな出窓のあるすてきな部屋だ。

帝王切開術の傷跡がちくりと痛み、イングリッドはおなかを押さえた。ゆっくりとベッドに腰をおろし、窓の外の雪を見つめる。とても疲れているし、ジェイスが恋しい。病院にいれば、すぐ息子に会えるのに。

「大丈夫か？」クリントは、チェストにイングリッドのスーツケースをのせつつ尋ねた。

「ええ。ただ疲れただけ」

「少し休んだらどうかな。昼寝してから病院に戻って、ジェイスに会いに行けばいい」

「いい考えね」

昼寝が必要だ。このところ、あまりよく眠れていなかった。

クリントは部屋を出て、そっとドアを閉めた。イングリッドはベッドカバーの上に寝そべった。

そして窓のほうへ顔を向け、眠りが訪れてまぶたが閉じるまで、ずっと雪を見つめていた。

電動工具のぶうんぶうんという作動音が聞こえ、イングリッドは目を覚ました。目が慣れてくると、外が暗いのがわかった。窓から差し込んでくるのは街灯の光だけだった。

ゆっくり起き上がり、窓辺に行って外を覗《のぞ》いた。雪はさっきよりも密度が濃くなり、地面にたくさん積もっている。

また作動音が聞こえてきたかと思うと、何かがぶつかるような衝撃音が響いた。イングリッドは部屋から飛び出した。

キッチンに入って目にしたのは予想外のものだった。クリントが大工仕事をしていた。リビングルームの隅——イングリッドの部屋の近くに部屋をつくろうとしているようだ。

彼が家の改修作業をすべて自分でやったと言ったとき、イングリッドは信じていなかった。外科医は手先が器用だが、組織や臓器に処置を施し縫合を行うには、繊細な技術が求められる。

それに対し、電動工具を使って壁をつくるのは腕力のいる過酷な作業だ。それに、手にけがをする危険がある。

でも、大工仕事をする彼の姿はすごくセクシーだ。いったい何を考えているの？　セックスは六週間禁止なのよ。

ぶうんという音がとまり、クリントが体を伸ばした。

何か声をかけなくちゃ。

イングリッドはセラミックタイルが張られた床を見おろし、咳払《せきばら》いをして顔を上げた。

「イングリッド？　ひょっとして……起こしてしまったかな」

「ええ。いま何時？」

クリントは電動工具を床に置き、壁に目をやった。

「真夜中過ぎだ」

「病院に戻るんじゃなかったの？」

「道路が閉鎖されてしまったんだ」クリントは食器棚の前へ移動してグラスを取ると、冷蔵庫から水を出してグラスにたっぷり注《っ》いだ。「眠らせておいたほうがいいと思って。様子を見に行ったとき、君はかなり大きないびきをかいていたからね」

「いびきなんてかいていないわ！」

クリントは水を飲んだ。「いいや、かいていたよ。大きないびきをね」

イングリッドはぐるりと目を回した。「そう。でも私は、夜中に電動工具を使用してお客を起こすようなことはしないわ」

「すまない。一人暮らしにすっかり慣れてしまっていて。眠れないから家に手を入れていたんだ」

イングリッドはキッチンを見回した。「ここを購入してからどれぐらいたっているの？」

「二カ月だ」

「じゃあ、あまり睡眠をとれていないってことね」

クリントは肩をすくめた。「病院の当直室で眠っているよ。つまり、妊婦を抱えて歩いていないときは、だけど」

イングリッドは頬を染めた。「それについてはごめんなさい。私……あなたが本当は、関わりたくなかったのはわかっているの」

「過ぎたことは仕方がないよ。何か持ってこようか？」

「何か食べたいわ。退院してから何も食べていないから」

クリントはにっこりした。「わかった。まずは服を着替えてくるよ」

向きを変えてリビングルームを進み、階段をのぼっていくクリントを、イングリッドは見つめた。さっきは階段があることにすら気づかなかった。

数分後、彼が清潔な服に着替えて戻ってきた。

「何が食べたい？」

「何がある？」

「スクランブルエッグはどう？」彼は冷蔵庫を開けて尋ねた。

「スクランブルエッグ、いいわね」

「そこに座ってくれ」クリントはオーク材のテーブルを顎で示した。「すまない。パンを切らしているんだ」

「構わないわ」

彼は卵をフライパンに割り入れた。すぐにいい匂いが漂ってきた。

「できた《ヴォアラ》」クリントはスクランブルエッグを皿にのせてイングリッドの前に置き、向かい側に座った。

「感想を聞かせてくれ」

イングリッドはフォークを取って一口食べた。

「すごくおいしいわ」

「料理の腕には自信があるんだ。海外にいるときは、あるものを使ってあり合わせでつくっていた」

彼が海外にいたときの話を持ち出したことに、イングリッドは驚いた。

「私、あなたは軍医をしていたんだと思っていたわ。料理人じゃなくて」

「紛争地帯ではつねに料理人が近くにいるわけじゃないからね。そういうときは自分たちでなんとかしなくちゃいけない。野戦病院のスタッフはみんな料理が苦手だった。彼らのつくるものに耐えられなくて、自分でつくるようになったんだ」

「あなたって何でもできる人なのね、クリント」

「オレンジジュースを飲むかい？」

「いただくわ」

クリントは立ち上がり、冷蔵庫からオレンジジュースのパックを取り出してグラスに注いだ。自分のグラスにも注ぐと、テーブルに戻ってきた。イングリッドは卵を食べ終え、ありがたくグラスを受け取った。

「あなたは家の改修も、外科手術も料理もできる。料理ができるようになったいきさつは、いま教えてもらった。医学を学校で学んだのもわかっている。でも、大工の技術はどこで身に着けたの？」

　クリントは眉根を寄せて椅子の背にもたれた。

「僕の大工の技能になぜ興味があるんだ？」

「あそこには何をつくっているの？」イングリッドはクリントが作業していた場所を顎で示した。「壁をつくっているみたいだけど」

「赤ん坊の部屋だよ」

「ジェイスの部屋はもうあるんじゃなかったの？　わざわざ手間をかける必要は――」

　クリントは片手を上げた。「別に手間じゃないよ。あの子には部屋が必要だ。君の服を取りにタウンハウスへ行ったとき、部屋にベビー用品が詰め込まれているのを見たんだ。君には一人で使える空間が必要だ。どんな母親にも、自分だけの空間が必要なんだ。うちの母がそう言っていた」

　イングリッドはにっこりした。「それってすてきでしょうね」

「何が？」

「お母さんがいること。私には……」イングリッドは言いよどみ、両手で頭を抱えて涙をこらえた。母親のいない家庭で育ったことを、身に染みて感じたからだ。自分の母親も覚えていないのに、どうやっていい母親になれるというの？

　クリントには母がいる。それなのに、任務を終えて戻ったことを伝えていない。イングリッドは腹が立った。なぜ、帰国したことを家族に伝えないの？

　咳払いをして皿を押しのけた。「それで、誰があなたに大工仕事を教えたの？」

「父だ。建設会社を経営していたんだ。父は僕にあとを継いでほしがっていたが、僕は医学に情熱を注いでいた。ちょうど……いや、それはもうどうでもいいんだ」

　イングリッドはうなずいた。「もう寝るわ。シャワーを浴びてからね。カバーの上に横たわるんじゃなく、ちゃんとベッドに入るわ」

「僕も寝るよ。朝には道路の除雪が終わって通れるようになるだろう。僕は八時間のシフトだから、君は昼間ジェイスと過ごせる」

　イングリッドはもう一度うなずいた。「いいわね」息子に会いたかった。たとえ、保育器越しにしか触れられないとしても。「おやすみなさい、クリント。スクランブルエッグをごちそうさま」立ち上がって寝室へ向かった。

「キャビネットにタオルが入っている」クリントが後ろから声をかけた。

「ありがとう」イングリッドは寝室のドアを閉めた。

12

　手術が恋しい。

　イングリッドは手術室の窓の向こうから、勤務中に撃たれた警官の処置をするクリントをうらやましげに見つめていた。

　午前はジェイスと過ごした。息子は人工呼吸器に繋《つな》がれているが、順調な経過をたどっている。肺も十分に発達しており、近いうちに退院できそうだ。

　つまり、じきに息子を連れて帰れるのだ。すばらしいことだが、イングリッドは怖くもあった。赤ん坊との暮らしは未知だ。だが、それでも息子を抱きたかった。同時に、仕事も恋しかった。

　手術を行ったり、骨の整復をしたりしているときは雑念を消すことができる。もし私が一般外科医だったら、負担の軽い仕事を割り当てられるにしても、いまごろは仕事に復帰できていただろう。

でも私は一般外科医じゃない。整形外科医だ。整形外科医は腹筋を駆使しなくてはならない。筋力がないと骨の整復はできないからだ。

整形外科医は、力と度胸が必要とされる。

イングリッドはそこが好きだった。

イングリッドの父は、娘が胸部外科医になることを望んだ。精度の高い手技が求められ、整形外科医よりも儲《もう》かる胸部外科医に。

しかしイングリッドは整形外科医になりたかった。十歳で腕を骨折したとき、治療してくれた女性医師はすばらしい人だった。彼女は、イングリッドの腕にピンクの包帯でギプスを巻き、そこにサインをしてくれた。

ギプスは父に捨てられてしまったが、イングリッドはその医師のことを忘れなかった。彼女に治療してもらったときのことを忘れなかった。そのときこそが、なりたい職業を決めた瞬間だったからだ。

クリントは大工になることもできた。でも彼は父親の仕事を継がずに医師の仕事を選んだ。そして、技術に磨きをかけるために入隊した。

だったらなぜ除隊したのだろうか？

クリントは謎めいている。

彼は心のまわりに分厚い壁を築いている。でもそれは私も同じだし、その壁をおろす準備はまだできていない。

おなかの傷跡がずきずきと痛み、イングリッドは立ち上がった。前にかがまずに立っているのはつらいけれど、かがむと腹部の筋肉によくない。私には筋力が必要なのだ。

六週間後には仕事に復帰する許可がおりる。

でも、ジェイスのことはどうすればいいだろう。

イングリッドは目を閉じて首をこすった。

クリントがうらやましい。手術室の中はひっそりと静まり返っている。考えをまとめることができる場所だ。

だからこそ、ここへ来たのだ。手術室の静けさが壁を通って自分に届き、混乱した頭をすっきりさせてくれるのを期待していた。でも、そうはならなかった。

イングリッドは再びクリントに目をやった。彼は患者の胸部に処置を施し、命を救っている。イングリッドの代理を務めるドクター・ミサシが、クリントの隣で補佐をしている。

あの夜、無分別な行動に走らなければ、あそこにいたのは私だったかもしれない。でも、もしもあの夜警戒心をかなぐり捨てていなかったら、私はジェイスを産んでいなかった。

だから後悔はしていない。

イングリッドは向きを変えて立ち去ろうとした。だがそのとき、手術室内に動揺が走ったことに気づいて足をとめた。クリントが固まっている。モニターのバイタルサインから、患者がアシドーシスに陥っているのがわかった。

イングリッドは両手を窓に押し当てて見守った。

いったい何が起きているの？

固まったクリントを見つめている時間は、永遠のように長く感じられた。だが実際は一瞬のことで、彼はすぐに首を振り、作業を再開した。患者のバイタルサインは安定した。

いまのはなんだったの？

そのとき、イングリッドは思った。もしかしてクリントが除隊したのは、任地で何か恐ろしいことが起きたからなのかもしれない。

もしそうだとしたら、彼が手術を行うのは正しいことなのだろうか？

13

イングリッドが息子に歌を歌ってやっている。

クリントは新生児集中治療室《NICU》の入り口で立ちすくんだ。シフトが終わったので、イングリッドを家に連れて帰ろうと迎えに来たのだ。彼は息子が生まれた日以来、ここに来ていなかった。

ためらう気持ちをのみ込み、中へ入っていく。

「やあ」イングリッドにささやいた。「どのくらい待った？」

肩をすくめたイングリッドは、クリントと目を合わせなかった。「わからないわ。いま何時？」

「八時だ。シフトが終わったばかりだ」

「じゃあ、数時間は待ったと思うわ」イングリッドは片手を保育器に入れて息子の腕に触れていた。「ドクター・スティーンが言うには、経過は順調ですって。胸部Ｘ線写真を確認して問題なければ、明日には人工呼吸器を外すそうよ」

クリントは咳払《せきばら》いをした。「よかった。となると、僕は子供部屋を急いでしあげないといけないかな？」

イングリッドはため息をついた。「そう願うわ。酸素投与を徐々に減らしていくのよ。それに体重が減っているから、生まれたときの体重に戻さないといけないわ」

「僕は詳しくないんだ。小児科医でも新生児科医でもなく、外傷外科医だからね」

「わかっているわ。今日の手術は……大変だったわね」

彼の体がこわばった。「ああ。強盗を捕まえようとした警官が撃たれたんだ」

「そうなの。搾乳室へ行ってくるわ。戻ってきたら出発しましょう」イングリッドはゆっくりと立ち上がった。

イングリッドははっと息をのんで上体を起こした。帝王切開術を受けて二週間しかたっていない体では、すばやく起き上がるのは難しかった。

音がして目が覚めたのだが、いまは聞こえない。聞こえるのは外でうなる風の音だけだ。きっと夢の中の音だったのだろう。

彼女は体の力を抜いた。ジェイスが退院するまでに、できる限り睡眠をとっておかなければ。

枕に頭をのせた瞬間、叫び声が静寂を切り裂いた。心臓が早鐘を打ち、アドレナリンがいっきに放たれる。

また叫び声が聞こえてきた。大きな声で、家中に響き渡った。イングリッドの背筋が凍りつく。叫んでいるのはクリントだった。

イングリッドはおなかの傷口を押さえてベッドをおり、ローブをはおった。

夜空は澄み、月の光が天窓から差し込んでいる。また叫び声が響いた。

ロフトへ続く階段をできる限り速くのぼる。だがのぼりきると、暗くてクリントの姿が見えなかった。

「クリント？」

イングリッドは背後から強く打たれ、よろめいて両膝をついた。

クリントの体が、イングリッドの後ろからベッドへと移動していった。彼は叫び声をあげ、手足をばたばたさせている。

なんてこと。

イングリッドは無事だった。叩《たた》きつけられてびっくりしたものの、けがはなかった。

「クリント？」

「いやだ！」彼が叫んだ。「やめてくれ！」

「クリント！」イングリッドはベッドに近寄り、もがいているクリントを押さえ込んだ。「クリント！」

クリントの動きがとまった。「イングリッド？　何をしているんだ？」

「あなたが叫んでいたのよ」

「僕が？」

「ええ」

「なぜ僕の体を押さえているんだ？」

「あなたが私を殴ったからよ」

彼の体に力がこもった。「大丈夫か？」

「ええ」イングリッドは後頭部を掻《か》いた。「大丈夫よ」

「よかった。じゃあ出ていってくれ」

「でも、本当にだいじょう――」

「大丈夫だ。出ていってくれ」

イングリッドはうなずいて部屋を出た。彼は大丈夫だと言っている。でも、あれがただの悪夢とは思えない。

クリントの力になりたい。でも、助けを求めていない人を助けることはできないし、たぶん、関わらないのがお互いのためなのだろう。彼を支える権利なんて私にはないのだから。

私たちの間には子供がいて、いまは同居もしているけれど、それだけだ。

それ以上の関係になることはない。

14

フィロミナはかがんでジェイスの頬を撫《な》でた。

「これからは、仕事が暇なときに誰を抱っこしたらいいのかしら。どうしてあなたは今日おうちに帰っちゃうの？」

フィロミナが〝おうち〟という言葉を使ったことについて、イングリッドは文句を言いたかった。

クリントの家は、私とジェイスのおうちではない。ただの一時的な住まいだ。

あの夜以来、クリントはとてもよそよそしく、イングリッドを寄せつけまいとしている。

二人はまるで廊下ですれ違う他人同士のようだった。クリントは家で就寝するのもやめ、勤務時間を増やして病院に寝泊まりしている。そして、逆にイングリッドが病院にいるときに、牧場へ帰って家に手を入れていた。

気まずさと沈黙が漂う、長い八週間だった。

ジェイスの部屋の準備は整っていた。美しい部屋で、イングリッドの部屋と繋《つな》がっている。クリントはイングリッドが購入しておいたベビー用品をすべて運び込んでくれた。

「もう運転してもいいと言われたの？　それともクリントに運転してもらうの？」フィロミナが尋ねた。

「運転していいとは言われているけど」イングリッドは小さな声で答え、咳払《せきばら》いをした。「クリントが来るかどうかはわからないわ。彼は勤務中だし、それに……」クリントがここに来ない理由を思いつこうとして言いよどんだ。いま、彼との間に起きていることをフィロミナに話したくなかった。

クリントとの会話がぎくしゃくしていること。彼がイングリッドと目を合わせるのを避けていること。物理的にはそばにいても、クリントの心はいつもここにあらずで、イングリッドは孤独を感じていること。

「あら、どうやらあなたは運転しなくていいみたいね」フィロミナはにっこりして、ドアのほうに顎をしゃくった。

　イングリッドが振り返ると、クリントが立っていた。

　革のジャケットにジーンズという、カジュアルな出《い》で立《た》ちだ。ジャケットの下に着た灰色のVネックシャツが、青い瞳のきらめきを際立たせている。

「まだ退院の手続きは終わっていないのかい？」彼は抱えていたチャイルドシートをおろし、ジャケットを脱いだ。

「ええ、まだよ」頬が熱くなるのがわかり、イングリッドは恥ずかしがり屋の女子学生のように顔をそむけた。

「私はもう行くわね」フィロミナが咳払いをした。「そのうち家まで会いに行くわ」

「来週には仕事に復帰するつもり。早くベビーシッターが見つかるといいんだけど」

「もう手配したよ」クリントが言った。

　イングリッドはぎょっとして振り向いた。フィロミナは驚いて目を丸くしている。

「なんですって？」イングリッドの声が一オクターブ高くなった。

「私は出ていったほうがよさそうね」フィロミナは励ますようにイングリッドにほほ笑みかけてから、新生児集中治療室《NICU》を出ていった。

「彼女、逃げ出したのかな」クリントはジョークで張りつめた空気をやわらげたいようだったが、沈黙の二カ月のあとでは、イングリッドは陽気な気分にはなれなかった。

彼女は腕組みをした。「どういう意味なの、手配したって？」

　クリントは髪を掻《か》き上げて逆立たせた。「君は来週仕事に復帰するのに、まだベビーシッターを探してもいないようだったから、僕が手配したんだ」

「そうなの。でも、まだわからないことだらけよ。あなたが見つけたベビーシッターのことを私は何も知らない。知らない人に子供は任せられないわ」

「そんなにも僕のことが信用できないのか？」

「どう考えたらいいのかわからないわ。あなたはこの数週間、ろくに口をきいてくれなかったし」

　クリントはため息をついた。「すまない」

「謝罪は受け入れたわ」イングリッドは体の力を抜いた。「チャイルドシートを持ってきてくれてありがとう」

「どういたしまして」クリントはベッドに近寄り、ジェイスを見おろした。ジェイスはすやすやと眠っている。イングリッドはクリントを見つめた。彼の顔に優しさや愛情が表れるのではないかと思ったが、そうはならなかった。一瞬、引き下げられたかに見えた心の壁がまた現れていた。クリントは腕時計を見た。「そろそろドクターたちが来てくれるといいんだが」

「それで……あなたが雇ったベビーシッターについて教えて」

「ドクター・スティーンが推薦してくれた人なんだ。これまでも呼吸器疾患を抱えた子供の世話をしてきた介護士だ」

「いつドクター・スティーンと話したの？　あなた、ここにはほとんど来なかったでしょう」

「君が家にいるときとか、夜勤のときとかにジェイスの様子を見に来ていたんだ。それで、ドクターと話をするようになった」

「そうだったの。ありがたいわ。それでも私、その人に直接会ってみないと……」

「ドリス・マローンだ」

「ドリスね」

「勝手なことをしたのはわかっている。でも君は、ベビーシッターを探し始めてもいないようだったし」

「そうよね。私ったら、いまの状況にただただ圧倒されていて」

「この数カ月は大変だったから」クリントの口元に笑みが浮かんだ。

「よかった。二人ともいるね」ドクター・スティーンと、研修医が数人入ってきた。ドクター・スティーンはイングリッドとクリントを見てうなずいた。

「息子さんを家に連れて帰る準備はできているかな、ドクター・ウォルトン？」

「ええ」

ドクター・スティーンはカルテに記入し始めた。

「君ともドクター・アレンとも話をしてみて、息子さんは家に帰っても大丈夫だという結論に至ったよ。NGチューブを一週間前に外して、いまは問題なく口からミルクが飲めているし、体重も順調に増えている。心臓の小さな穴については、心臓専門医が心配ないと言っているし、家で君たち二人が世話をしても問題ないと確信している」

「もちろん何も問題ありません」クリントはそう言いながらも眉根を寄せていて、イングリッドの胃が締めつけられた。まさか気が変わったんじゃないわよね。私たちを家から追い出して、子供を一人で育てろと言うつもりじゃないわよね？

彼はベビーシッターを雇ったばかりよ。経験豊富なベビーシッターを。私を家から追い出すつもりなら、そんなことをするはずないわ。

そのとき突然、頭の中に過去のある光景がよみがえった。

それは長いあいだ、記憶の奥に封じ込められていた光景だった。

イングリッドは実家の父の書斎にいて、鉛枠のガラス窓から外を見ている。外には母が立っていた。顔ははっきりしない。覚えていないからだ。

覚えているのは、雨がぱたぱたと屋根に打ちつけていたこと、地面に母親のスーツケースがいくつも散らばっていたこと、母が地面にひざまずいて、両手で顔を覆っていたことだった。

ほんの一瞬だが、脳裏によみがえったその記憶は、イングリッドの心を激しく揺さぶった。

父はいつも、母が家族を捨てたのだと言っていた。父は嘘《うそ》をついていたの？

イングリッドは首を振って疑念を追い払った。父さんが嘘をついていたとしても、なぜ母さんは戻ってこようとしなかったの？　なぜ、私のために戦ってくれなかったの？

「イングリッド？」クリントが言った。「大丈夫かい？　ぼうっとしているみたいだけど」

気がつけば、ドクター・スティーンと研修医たちに見つめられていた。「ごめんなさい。いま、なんて？」

「経過観察のため、一週間後に来院してほしいと言ったんだ」ドクター・スティーンは退院手続きの書類を差し出した。「もう連れて帰っていいよ。ごきげんよう、ドクターたち」

イングリッドはうなずいて書類を受け取った。ドクター・スティーンたちは出ていった。

「大丈夫かい？」クリントが尋ねた。「幽霊でも見たような顔をしているけど」

「大丈夫よ。じゃあ、ええと……行きましょうか」

イングリッドはもう少しで〝家へ帰りましょう〟と言いそうになった。でも、あそこは私の家ではない。これからもそうなることはない。

いまの私には、帰るべき家はない。

いま、私にあるのはジェイスだけだ。

牧場へ戻るあいだ、車内にはぎこちない空気が漂っていた。

ランチハウスに到着し、ジェイスをベビーベッドに寝かせると、イングリッドは昼寝をしたくなった。病院に戻ると言ってクリントが出ていったので、イングリッドは横になった。

目を覚ますと、ジェイスはまだ眠っていた。

シャワーを浴びなければ。

配管に不具合が発生しているため、バスルームが使えるのはロフトだけだった。

イングリッドはぼんやりした頭で準備をし、部屋を出てロフトへ向かった。

ロフトに上がり、バスルームのドアを開けて足を踏み入れると、中は湯気が立ちこめ、こうこうと明かりがついていた。

明るい光に慣れると、クリントの濡《ぬ》れたむき出しの体が目に入った。彼はイングリッドに背を向けて鏡の前に立っていた。イングリッドははっと息をのんだ。彼の肩からヒップまで傷跡だらけだったのだ。

クリントが驚いて目を見開いた。二人の視線が鏡の中でぶつかる。

「出ていってくれ」彼はこわばった声で言い、洗面台からタオルをつかんでウエストに巻き、振り返った。陰った青い瞳からは感情が読み取れなかった。

クリントが一歩前に出た。胸板にも、背中と同じように傷跡がある。タオルは腰の低い位置にゆるく巻かれていて、イングリッドは頬が熱くなった。

傷跡があろうとなかろうと、彼はたまらなくセクシーだった。

気がつけば、イングリッドは彼のたくましい腕に抱きしめられ、むき出しの胸板に押し当てられていた。彼の濡れた肌が、イングリッドのシルクのキャミソールを湿らせる。彼は大きな手でイングリッドの喉に触れ、親指で顎を上に向けると、彼女の唇を奪った。

膝から力が抜け、イングリッドはクリントの唇に溺れた。このキスがどれほど恋しかったことか。だが、イングリッドがリラックスしてキスを堪能する前に、彼は唇を離して彼女の体をそっと押した。

「出ていってくれ」彼は言った。「僕が自分を見失って、君がここにいる理由を忘れてしまう前に」

イングリッドは背を向けてバスルームを出ていき、ドアを閉めた。そして、安全な自分の部屋に戻った。

15

クリントはコーヒーを飲みながら新聞を読むふりをして、キッチンを歩き回るイングリッドを見つめていた。ジェイスは母親が朝食をとっているあいだ、ベビースイングにのせられ、ぶら下がったサルのぬいぐるみを夢中で見つめていた。

イングリッドがぴりぴりしているのが、クリントにはわかった。

彼女を責められない。

バスルームで鉢合わせたあの日から、一週間がたっていた。

だが、まるで数秒前のことのように感じられる。なぜなら彼女を見るだけで、体中の血液が熱くなってしまうのだから。唇を重ね、イングリッドの体を胸に押し当てたとき、シルクのキャミソールの下で彼女の胸の先端が張りつめていった。

ほっそりした首をつかみ、親指で脈打つ場所に触れたとき、彼女の心臓が激しく打っているのがわかった。

翌日、クリントは配管工を呼び、イングリッドの部屋のシャワーを直させた。

そのほうが安全だ。

とはいえこの一週間、ジェイスの世話をするイングリッドをそばで見ていて、クリントの欲望はますます高まってしまっていた。一度イングリッドが、体型が変わって服が入らなくなったと電話で誰かに愚痴を言っているのを聞いたが、クリントからすれば、出産後の彼女の体にはなんの問題もなかった。

クリントはイングリッドを観察した。ヒップがほんの少し大きくなり、胸は豊かになった。見た目はよいほうに変わったとしか思えない。まるで砂時計のようなくびれができているじゃないか。

女性のくびれは好きだ。

「ドリスは何時に来るって言っていた？」

クリントは首を振り、イングリッドが振り返る前に――ぴったりとしたスカートに包まれた彼女のヒップをじろじろ見ていることに気づかれる前に、彼女から視線を外した。咳払《せきばら》いをし、新聞をまっすぐに整えてめくる。「もうじきだよ」

イングリッドは片眉を吊《つ》り上げた。「もうじきっていうのは、はっきりした数字じゃないわ」

クリントは肩をすくめた。「時間どおりに来るはずだよ。いらいらしなくていい」

「そうね」イングリッドはため息をついて、ブリーフケースに荷物を詰めた。

クリントは新聞の影からイングリッドに目をやった。

ブロンドの髪を後ろでまとめているのが残念だ。おろした髪が肩にかかっているのがクリントは好きだった。背後から彼女を自分のものにしたとき、髪をそっとつかんだときの感触も。

彼は咳払いをして新聞をぱらぱらめくった。こんなことを考えてはいけない。だが、自分を抑えられなかった。

バスルームで鉢合わせた夜から、ずっと彼女のことを考えてしまっている。

あの夜、病院から帰ってきた僕は、イングリッドはすでにバスルームを使ったと思っていた。まさか真夜中に彼女が入ってくるなんて思わなかった。

クリントは新聞を置いて立ち上がった。「イングリッド。今夜、僕とディナーに出かけないか？」

振り返ったイングリッドが口をあんぐりと開けている。クリント自身も、自分の口から出た言葉に驚いていた。

「なんですって？」イングリッドは目をぱちぱちさせながら尋ねた。

「ディナーだよ。僕と」

「ジェイスはどうするの？」

「ドリスに追加料金を払えばいい。君の仕事は四時に終わるんだろう？　僕も同じだから、早めのディナーを食べに行こう」

イングリッドは目を丸くしたままコーヒーをすすった。「ちゃんと予定を立ててあるのね。どれぐらい前から計画していたの？」

「それって重要なことか？」

イングリッドが口を開けて何か言おうとしたそのとき、ドアベルが鳴った。「きっとドリスだわ。入ってもらうわね」

離れようとしたイングリッドの手首をクリントはつかんだ。「まだ返事をもらっていない」

再びドアベルが鳴った。外は寒い。だがクリントは気にしなかった。答えないまま逃がすつもりはない。イエスかノーだ。彼は心のどこかでイングリッドにノーと言ってほしいと思っていた。そうすれば、厄介なことにならなくてすむ。だが同時に、どうしてもイエスと言ってほしい気持ちもあった。

「わかった。一緒にディナーを食べに行くわ」

クリントはイングリッドの手を放した。

僕はいったいどうするつもりなんだ？

救命救急室にいるクリントの姿が見えた。患者の処置をしているが、重傷ではなさそうだ。

よかった。きっと予定どおりに出発できる。

イングリッドは視線をおろし、自分のデート向きではない服装を見た。

これはデートなの？

いいえ、違うわ。ただディナーを食べに行くだけよ。彼はただ、子供を産んでくれたことに感謝を示したいだけ。

そうよ。私をねぎらうためのディナーだわ。

イングリッドは最後のカルテに記入し終え、ナースステーションに戻した。

くるりと向きを変えると、クリントがこちらに向かって歩いてきていた。彼はスクラブを着ておらず、スポーツブレザーとジーンズという出《い》で立《た》ちだった。ブレザーの下には白いシャツを着ており、上のほうのボタンを外している。

彼がイングリッドの前で立ち止まった。「もう行けるかい？」

「ええ。ちょうど、最後のカルテに記入したところよ」イングリッドはハンドバッグとジャケットを手に取った。「どこの店へ行くの？」

「どこかの店さ」

イングリッドはクリントの後ろから廊下を進みながら、彼のはぐらかすような言動に、うんざりした顔をしそうになるのをこらえた。

車に乗り込み、街を走るあいだも、二人は無言だった。車は繁華街の中心部へ向かい、古いビル群の奥にあるこぢんまりしたイタリアンレストランに到着した。クリントは車を降りて、イングリッドのためにドアを開けた。

「ここ、初めて来たわ」レストランの入り口へと歩きながら、イングリッドは言った。

「本当？」クリントはそう言い、ドアを開けて押さえてくれた。

イングリッドはため息をついて中へ入った。「あなたのそっけない受け答えには、いいかげんうんざりしてきたわ」

彼はにんまりした。「もっと長く話せと脅しているのかい？」

「脅していないわよ」

「僕には脅しに聞こえたよ」クリントはレストランの案内係の女性のほうを向いた。「アレンで予約しているんだが」

女性はにっこり笑ってメニューを二つつかんだ。

「ご案内します」

二人は隅のボックス席へと案内された。

座席に腰を落ち着けてから、イングリッドは口を開いた。「私はただ、あなたを知ろうとしているだけよ。沈黙にはうんざりしているの。私たちはただの同居人かもしれないけど、子供をもうけたのよ。あなたとは友人になりたいの」

「友人になるのは構わない」クリントは水を一口すすった。「だが、口数が少ないのは僕だけじゃない」

「私は隠すことなんかないわよ」

クリントは鼻を鳴らした。「本当か？　だったらご両親のことを話してくれ。なぜ君のお父さんはあんなひどいやつなんだ？」

イングリッドは笑い声をあげた。「あなただって、ご家族のことはほとんど話さないじゃない。なぜ、ご家族にジェイスのことを伝えないの？」

「君が先に話してくれ」

イングリッドはにっこりした。「いいわ。でも、大きなワインのボトルを注文したほうがいいわよ」

「君は授乳している身だよ」

「搾乳はすませたわ。ワインを頼んで」

クリントはウエイトレスに合図をし、赤ワインのボトルを注文した。ウエイトレスはボトルのコルク栓を抜き、一つのグラスにだけワインを注《っ》いだ。

「あなたは飲まないの？」

「飲まないよ」クリントは後ろにもたれた。「僕は水でいい」

「わかったわ。じゃあ話してちょうだい」

「最初に質問したのは僕だと思うが。君のお父さんはなぜあんなに冷たいんだ？」

イングリッドは小さく笑ってワイングラスの脚をつまんだ。「それについては、私も三十年近く疑問に思っているの」

「お父さんは、君を独立心のある人間に育てたと言っていたよ。厳密にはそう言ったわけじゃないけど、僕はそう解釈した」

「ほぼ正解よ。私は、自分の行動すべてに責任を持つように育てられた。ある意味、そのおかげで客観的な物の見方をする人間になれたの。決してリスクを犯さなかったし、重大な決断を下す前には熟考を重ねたわ」

クリントは目を丸くした。「じゃあ、僕たちが出会った夜のことはどう思っていたんだい？　君の思考プロセスを知りたいな」

イングリッドは頬を染めた。「あれは、私がこれまでの人生で、考えずに決断した二つのうちの一つなの」

「二つのうちの一つか。もう一つは？」

「ジェイスを産むことよ」

彼は視線を落としてにっこりした。「いい決断だ」

イングリッドはクリントをじっと見つめた。「そう思う？」

クリントはイングリッドと目を合わせた。「ああ」

イングリッドは目をそらした。「よかったわ。それに、あなたがジェイスに関わってくれることも嬉《うれ》しく思っているの」

クリントはうなずいた。「努力はしている。本当に。つまり……僕は人に心を閉ざしがちだから。それは自分でもわかっている」

「私もよ。人を警戒して遠ざけてしまう。でも、そうしたほうがいいときもあるでしょう。誰かに心を開くより、閉ざすほうが楽だもの」

「君はお母さんのことは何も言わないね。話してくれないか？」

イングリッドはワインを一口飲んで肩をすくめた。

「何も話すことはないわ。母は家を出て、私との縁を切ったの」

「どうしてそう思うんだ？」

「母は一度も連絡をくれなかったから。私が成人したときも」

「きっと、お母さんは怖かったんじゃないかな」

イングリッドは唇をすぼめ、母の立場になって考えようとした。これがジェイスと私だったらどうだろう。もし、ジェイスを置いていくしかなかったら？ ジェイスが成人したときに、連絡するのが怖くなるのだろうか？

ばかばかしくて頭を振った。そんなことには絶対ならないわ。

「あなたはどうなの？ なぜ、帰国していることをご家族に伝えていないの？」

クリントはうなり声をあげて椅子の背にもたれた。

「僕はまだ、自分に起きたことを家族に話す心の準備ができていないんだ」

「いったい何があったの？」

クリントは眉根を寄せた。「その質問に答えることには同意していないはずだが」

「ご家族はあなたがけがをしたと思っているとか？　もしそうなら、勘違いさせたまま放っておくのはひどいと思うけど」

クリントは顔をこすった。「いや、僕が無事に任地を離れたのは知っているよ。家族は僕がドイツにいて……リハビリを受けていると思っている」

「リハビリ？」イングリッドの胃が締めつけられた。そして、クリントの体の傷跡を思い出した。

「僕は捕虜になったんだ」クリントの声は張りつめていた。「そして、拷問された」

イングリッドは首に手を当てた。「ああ、なんてこと。でもあなたは戦闘兵ではなく、軍医として働いていたんでしょう？」

「僕はアメリカ人だ。軍医であろうと兵隊であろうと彼らにとっては関係ない。だが、医者だったおかげで命拾いした」

「どういうこと？」

「彼らは負傷した味方の手当をさせるために僕を生かしておいたんだ。だが、ほかの捕虜は……」彼はかぶりを振った。「囚《とら》われていた数カ月のあいだに、僕は十分すぎるほど血を見た、と言っておこう」

イングリッドはクリントの手に触れた。「お気の毒に」

ウエイトレスが来たので、二人は注文した。ウエイトレスが行ってしまうと沈黙が漂い、イングリッドはワインが頭に回っていくのを感じた。

彼女はワイングラスを置いた。

「大丈夫か？」クリントが尋ねた。「顔が赤いよ」

「ワインが頭に回っちゃったみたい」

彼は水差しの冷たい水をイングリッドのグラスに

注いだ。「これを飲んで。少しは楽になる」

「ありがとう」イングリッドはすばやく水を飲み、グラスを置いた。「それで、あなたはどうやって脱出したの？」

「まだその話をするのかい？」

「知りたいの」

クリントは唇を舌で湿らせた。その表情から、彼が迷っているのがイングリッドにはわかった。彼はどんなひどい目にあったのだろう？　体の傷は治っても、彼は心の奥でいまも苦しんでいる。それはわかっている。

「古い地下水道を通って逃げたんだ。彼らは僕を追いかけてきて捜し回ったが、僕は脱出に成功した。やっとのことでね」クリントは首を回した。

やっとのことで、という言葉が印象的だった。まるで脱出するために、必死で知恵を絞ったかのようだ。そのときイングリッドは理解した。なぜ彼が、古いランチハウスを壁や仕切りの少ない広々とした空間につくりかえたのか。なぜ、高い天井と天窓のある広いロフトで寝ているのか。

「どれぐらいのあいだ地下に閉じ込められていたの？」

「それについては答えたくないな」

イングリッドはかぶりを振った。「ごめんなさい。あなたが心的外傷後ストレス障害《PTSD》に苦しんでいるのはわかっているわ」

「え？　僕がＰＴＳＤに苦しんでいるなんて、誰が言ったんだ？」

「だって、明らかでしょう」

クリントは首をかしげた。「どういうふうに明らかなんだ？」

「悪夢に苦しんでいるし、心に防御の壁を築いている……それに、手術中に固まっていたでしょう」

彼の目つきが真剣になった。「見ていたんだね」

「ええ」

　クリントは小声で悪態をついた。「僕はもう手術をするのが好きじゃないんだ。ただの牧場主でいたい。いま外科医をやっているのは仕方ないからだ」

「理解できないわ」

「捕虜になっていたとき、僕は鎮静薬もない状態で負傷者の処置をさせられた。大きな叫び声を何度も何度も聞いているうちに、気づいたんだよ。自分はもはや治療者ではなく、食肉処理者にすぎないと」

　彼は震えていた。

「クリント、あなたは治療者よ。食肉処理者なんかじゃないわ」

　クリントは鼻を鳴らした。「僕は手術中に動けなくなってしまった。かつては外科医の仕事を愛していたが、いまは……患者の役に立つどころか、むしろ害を与えてしまっている」

　震えているクリントの手を、イングリッドはつかんだ。「なぜそんなことを言うのかわからないわ。あなたは外傷外科医よ。人々の命を救っている」

　クリントが何か言おうとしたそのとき、ウエイトレスが料理を運んできた。彼はイングリッドの手を押しのけて、それで話は終わってしまった。

　そのあとはずっと張りつめた空気が漂い、イングリッドは立ち入った質問をしてしまったことを悔やんだ。でも知りたかった。

　知りたかったし、彼を助けたかった。

　そんなことをしたら傷つくだけよ。

　彼女は心の声を黙らせた。傷つくかどうかなんて、いまはどうでもよかった。

16

夢の中で泣き声が聞こえ、クリントは飛び起きた。心臓が早鐘を打っている。少ししてからやっと、自分がどこにいるのかわかった。

彼は広々とした自分の寝室にいた。高い天井に設置された天窓を見上げると、暗闇にきらめく星たちが見える。

脈が正常に戻り、再び横になった。だが、枕に頭をのせた瞬間、赤ん坊の泣き声が階下《した》から聞こえてきた。

ロフトに寝室を設けることの唯一の欠点は、音を遮断するドアも壁もないことだ。でも、閉じられた狭い空間では眠ることができない。キングサイズのマットレスで寝ているのもそれが理由だ。

クリントには空間が必要だった。眠っているあいだに手足を思いきり伸ばしても、どこにもぶつからない空間が。棺桶《かんおけ》や下水管の中にいるのではないと、感じられる空間が。

ジェイスの部屋をつくったときも、壁や天井をきちんと仕上げることができなかった。その部屋は基本的に、仕切りとドアをつけただけのかわいらしい空間だった。この家の中で、完全な個室といえるのはイングリッドの部屋だけだ。

イングリッドのことを考えずにいるのは難しかった。彼女はずっと僕の頭の中にいる。

うなり声をあげて寝返りを打つ。そのときに、また赤ん坊の泣き声が聞こえてきた。さっきよりも大きな泣き声だ。今夜はもう眠れそうにない。

彼はベッドを出てジーンズをはくと、階段をおりてジェイスの部屋へ向かった。

ドアを開けた瞬間、彼はその場に釘付《くぎづ》けになった。

金色の髪をおろしたイングリッドが息子を抱いて、揺り椅子に座っていた。

息子の体を優しく揺らしながら、母乳を飲ませている。

窓から差す月の光が彼女の白い肌を照らしていた。クリントはまるで、妖精の輪の中に足を踏み入れたかのようだった。イングリッドはさながら妖精の女王ティターニアだった。肌はまばゆく輝き、髪は黄金が編み込まれたかのようにきらめいている。クリントは彼女から目を離せなかった。

そのうちにジェイスが眠りに落ちた。息子の頭が離れたおかげで、イングリッドの胸全体がクリントの目に入った。

イングリッドは胸を覆って、ジェイスをベビーベッドに寝かせた。部屋を出ようと振り返ったとき、クリントに気づいてはっと息をのんだ。

「クリント？　びっくりしたわ。そこで何をしているの？」

クリントは〝泣き声が聞こえたんだ〟とか、〝ただ君を見ていたんだ〟と言うこともできた。だがそのかわりに、彼はこう言っていた。「なんてことだ。僕はいま、もう一度君が欲しくてたまらない」

彼はイングリッドの反応に備えた。彼女は拒絶し、怒りをあらわにするだろう。

しかし、彼女は胸に手を置いてこう言った。

「そんな」か細い声だった。「私……てっきりあなたは怒っているんだと思っていたわ」

クリントは二人の間の距離を縮めた。「僕は怒ってなどいない。いや、少しは怒っていたが……そのことは話したくない。僕はただ君が欲しいんだ、イングリッド」

彼はイングリッドの顎をつまんで持ち上げ、指の節で頬を撫《な》でた。彼女の肌が粟立《あわだ》つのを感じた。彼女の体が反応している。僕の体が彼女に反応するのと同じように。

「私もあなたが欲しいわ」イングリッドが小さな声で言った。「あなたに欲望を抱くべきじゃないのはわかっているし、これまでもずっと、自分の気持ちを抑えようとしてきたけれど」

クリントにはそれ以上の返事はいらなかった。これ以上話し合いたくはない。いまはただ彼女といたい。彼女に触れ、キスをし、味わいたい。

クリントはイングリッドの体を抱き上げた。イングリッドはクリントの首に腕を回して、彼の髪に指をからめた。

クリントが彼女を抱えて階段をのぼるあいだ、二人に言葉はいらなかった。月だけが、寝室までの道を照らす唯一のあかりだった。寝室に着くと、クリントは目の前にイングリッドの体をおろした。

「君はとても美しい」彼はそうつぶやき、両手で彼女の頬を包んでキスをした。

初めて会ったあの夜、僕たちは、切羽詰まった欲望と熱情に駆られて激しく交わった。今夜はゆっくり進めたい。彼女を傷つけたくないし、この瞬間をじっくり味わいたい。というのも、捕虜として囚《とら》われているあいだずっと——そしてその後、ドイツにいたときでさえも、僕が日々を乗り切れたのは、イングリッドと過ごした夜の思い出のおかげだったからだ。

もし僕が壊れていなかったなら、イングリッドの前でひざまずいて自分のすべてを与えるだろう。だが僕は壊れてしまっていて、もう二度と、元の自分に戻れるとは思えない。

だから、いまこの瞬間だけは、彼女と分かち合う喜びを堪能するつもりだ。

クリントはイングリッドの頬から下へと手をおろ

していき、白い綿のネグリジェの肩紐《かたひも》に触れた。サテンのナイトガウンを脱がせ、ネグリジェの肩紐をほどこうとする。

　イングリッドは声をもらしてから唇を噛《か》んだ。

「どうした？」

「裸を見られたくないの」彼女は頬を染め、恥ずかしそうに目をそらした。

　クリントは彼女の顎を持ち上げて視線を合わせた。

「君は美しい。僕も君も以前と体は変わったが、君はセクシーだし、僕は君の体が見たいんだ」

　暗闇の中でイングリッドの瞳がきらめいた。彼女はクリントにキスをして、柔らかな体を彼に押し当てた。

　クリントはイングリッドのネグリジェを脱がせ、床に落とした。彼女の唇から唇を離し、下へと這《は》わせていく。脈打つ首筋を通り、そして胸に到達したとき、イングリッドがはっと息をのんだ。

「痛かったかな」

「いいえ」イングリッドはそう言うと、ベッドに腰をおろし、クリントの手を取って彼を引き寄せた。

「私を抱いて、クリント。お願い」

　イングリッドに請われ、クリントの体が激しく脈打った。彼女は手を伸ばして彼のジーンズをおろした。クリントはそれを蹴るようにして脱ぎ、引き出しから避妊具を取り出した。

　彼はイングリッドに引き寄せられるまま、隣に横たわった。傷つけないよう、ゆっくりと、優しく彼女の肌に手を這わせていく。

　彼がイングリッドのショーツを下にずらしたとき、彼女は唇を噛み、下腹部にある一本線の傷跡を隠そうとした。

「隠さないでくれ。君は美しい」

　クリントはイングリッドにキスをした。彼女は両脚を開いて彼の重みを受け入れた。唇を重ねたまま、クリントは彼女の中へ分け入った。彼に引き伸ばされ、完全に満たされたイングリッドは甘い悲鳴をあげた。

彼は片腕をついて体を支え、腰を動かし始めた。そして、イングリッドのほっそりした長い首を愛撫《あいぶ》した。

イングリッドは彼の前では無防備だった。

セックスとは相手を信頼して身を委ねる行為だ。そんな究極的な行為を分かち合いながら、クリントはイングリッドを永遠に守りたいという気持ちになっていた。僕が築いた防御の壁を、イングリッドに打ち壊してほしい。だが同時に、高く築き上げてしまった壁を失うのは怖くもあった。

クリントが動きを速め、イングリッドは彼の背中に爪を食い込ませた。

いま聞こえるのは、一つになった体を動かしている二人の息遣いだけだった。

彼を包み込んでいる部分が収縮し、イングリッドは唇を噛んだ。やがて彼女は解き放たれた。クリントもすぐに続いた。押しころしていた感情がわき上がるのを感じながら、彼は頭をのけぞらせ、両手で彼女のヒップをがっちりとつかんだまま、クライマックスに達した。

イングリッドの呼吸が落ち着くまで少し時間がかかった。

クリントが体を離し、隣に片肘をついて寝そべった。イングリッドは彼に見つめられているのがわかった。彼が空いたほうの手を伸ばし、指の節でイングリッドの胸を撫でた。

「戻らないと」イングリッドが起き上がろうとすると、クリントはそっと彼女の体を押し戻した。

「いや、ここにいてくれ」

「ジェイスが泣いたらどうするの？」

「待っていてくれ」クリントはベッドから出た。イングリッドは彼が裸のまま歩いて、階段の下に消えるのを見つめた。

数分後、彼はベビーモニターを持って戻ってきた。それをベッド脇のナイトスタンドに置き、再びベッドに横たわった。

「これがあれば君を引きとめておけると思ってね。あの子の声はよく聞こえるから、本当は必要ないが」

イングリッドはほほ笑み、上掛けの下にもぐってクリントに体を寄せた。「あなたがなぜ広々とした空間が好きなのか、いまは理解できるわ」枕にもたれると、大きな天窓が見えた。「どれぐらいのあいだ、地下水道に身を潜めていたの？」

クリントは両手で髪を掻《か》き上げた。「数日だよ。数日で彼らは僕を捜すのをやめた。僕が死んだと思ったんだろう。僕は外へ這《は》い出《で》て人混みに身を隠した。髪もひげも伸びていたから、簡単に紛れ込めたんだ。そしてついに、米軍のパトロール部隊を見つけた。僕は任地を去り、輸送機でドイツへ移動した」

イングリッドは手を伸ばし、彼の胸にあるくぼんだ傷跡に触れた。「つらかったでしょうね」

クリントに手を押しのけられるだろうとイングリッドは思っていたが、彼はそうはせず、彼女の手の上に自分の手を置いて包み込んだ。

「その話はしたくないんだ。僕はただ、ここで君と一緒に眠りたい」

イングリッドはうなずいた。「いいわ」

もう一度天井を見上げる。星空は美しく、月は見えないがそこにあるのがわかる。だが、すぐに大きな雪の粒が降り始めた。

空を見ながら、イングリッドはクリントの隣で心地よい眠りに落ちていった。

17

「信じられないわ！　あなた、昨晩セックスしたのね？」フィロミナはかぶりを振った。「否定しても無駄よ。廊下の向こうにいても、にやけているのがわかるんだから。うらやましいわね」

イングリッドは含み笑いをしてスクラブのトップスを着た。「世界中に言いふらさないでよ」

とはいえ本当は、世界中に知らせたい気分だった。

クリントとの夜はすばらしかった。

目覚めて彼の姿が見えなかったときはパニックに陥り、彼が出ていったのだと思ってしまったが、もちろんそんなはずはなかった。イングリッドが階段をおりてジェイスの部屋へ行くと、クリントが揺り椅子で、湿ったおくるみを肩にかけて眠っていた。彼の姿を思い出してイングリッドはくすりと笑った。すごくかわいらしかった。そして、ジェイスに目をやったとき、イングリッドは笑いをこらえなければならなかった。というのも、息子は部分的にしか寝間着を着ておらず、スナップボタンはすべて間違った組み合わせでとめられていたからだ。片腕と片足が寝間着から飛び出て、おむつは後ろ前にはかせてあった。

クリントは息子のおむつを替え、寝間着を着せようとしたのだ。イングリッドは彼を愛《いと》しく思った。

イングリッドはクリントを起こし、ロフトに戻ってシャワーを浴びるよう言ったが、彼はすぐにベッドに倒れ込んでしまった。そして、ジェイスが目を覚ました。ジェイスにミルクを飲ませたあと、イングリッドはやっと、クリントをバスルームに連れていったのだった。

二人の関係に少しだけ変化が起きていた。だが、変わっていない部分もある。

　クリントはわずかに心の警戒を解いたものの、二人の間にはまだ多くの壁が立ちはだかっていた。

　乗り越えなければならないことはたくさんある。でも、少なくとも一歩前進した。イングリッドはそれを台無しにしたくなかった。

「教えてよ。いったい何があったの？」

　イングリッドは肩をすくめて白衣をはおった。

「おいしいディナーを食べて、関係が前に進んだのよ」

「それで？　よかった？」フィロミナは鼻を鳴らして腕を前で組んだ。「もちろんよかったのよね。そのにやけ顔を見ればわかるわ」

「あなたって惨めね」イングリッドはロッカールームを出て、救命救急室へ向かった。今日はオンコール勤務なのだ。

「だって、私は忙しすぎるんだもの。あなたの体験を自分のことのように思って楽しむしかないのよ」

　二人は救命救急室の前で立ち止まった。「あなたもオンコール勤務なの？」イングリッドは尋ねた。

「いいえ、実は今日はもう仕事はないの。帰って寝るわ。しあさっては日勤だから、夜一緒に出かけましょうよ。ジェイスも連れてきていいから」

「楽しそうね」イングリッドはフィロミナにウインクをした。「電話して」

「するわ」フィロミナは手を振り、廊下を歩いていった。

　イングリッドは大きく息を吸ってから、救命救急室へ入っていった。最後にオンコール勤務をしてからずいぶん時間がたっているが、仕事に戻るのはいい気分だ。

　クリントはデスクの向こうでカルテを確認していた。

イングリッドはクリントに近づいた。「何か手伝うことはある？」

クリントはイングリッドを見もしなかった。「ないよ、ドクター・ウォルトン。あれば知らせる」

顔を殴られたような衝撃だった。今朝は思いやりにあふれた言葉をささやいて、イングリッドと呼んでくれたのに。

イングリッドの心を読んだかのように、クリントはカルテを閉じて顔を上げた。「すまない。てっきり僕は……」

「わかっているわ。仕事人らしく振る舞おうとしたのよね。ごめんなさい。私のホルモンのせいよ。まだうまくコントロールできていないの」

彼はにっこりした。「そうか。あと十分もすればコントロールできるようになると思うよ」

「なぜ？」

彼が口を開く前に、救急車のサイレンが聞こえた。

「二十分前に連絡が入ったんだ。女性がアパートメントの前で転倒し、大腿骨《だいたいこつ》を骨折したらしい。救急隊員によるとほかにもけがをしている可能性がある。今日は外傷患者がたくさん搬送されてくると思うよ。気温が零度前後をうろうろしていて雪が降っているから、路面が凍結して滑りやすいんだ」

救急車のサイレンの音がますます大きくなり、クリントはイングリッドにガウンを渡した。「行ったほうがいいな」

「補佐するわ、ドクター・アレン」

イングリッドはガウンを着てクリントのあとについていき、到着した救急車を出迎えた。

救急車のドアが勢いよく開いて、二人の救急隊員がストレッチャーをおろした。

「六十四歳女性、アパートメント前の路上で転倒。大腿骨骨折と頭部に鈍的外傷の疑いあり。胸の痛みを訴えており、意識レベルは四です」

クリントは救急隊員からメモを受け取り、ストレッチャーの脇に駆け寄った。イングリッドは反対側へ移動した。

女性は酸素マスクを着け、目を閉じていた。

「神経外科医を呼んでくれ！」クリントは指示を出した。

「携帯型X線撮影装置がいるわ！」イングリッドも大声で言った。

救急隊員の手を借りて二人は患者をベッドに移した。救急隊員はストレッチャーを持って車内へ戻っていった。

クリントは救急隊員から受け取った書類をめくり、イングリッドに妙な表情を向けてから、患者を見た。

「ミセス……ウォルトン、大丈夫ですからね」

イングリッドはその女性を見て固まった。まさか、そんなはずないわ。ただのおかしな偶然よ。

女性は苦しげな声を出した。「ハイディと呼んで」

イングリッドの顔から血の気が引いていった。母の名前もハイディだ。まさか。

「ハイディ？」クリントが言った。

女性はかろうじてうなずいた。

「これから鎮痛薬を投与します。じっとしていてくださいね。イングリッド、大丈夫かい？」

イングリッドは首を回した。「ええ」携帯型X線撮影装置が部屋に運び込まれ、イングリッドは女性のほうへかがんだ。「ではハイディ、いまからあなたの体の状態を調べるので、酸素マスクを動かしますよ」

女性がまぶたを開けた。瞳は青色だった。彼女の瞳を見た瞬間、イングリッドの中で記憶がよみがえった。

椅子の上で揺られていたこと。抱いてくれている母の腕の感触。母の体の向こうに、まぶしい太陽の光が差し込んでいたこと。母の澄んだ青い瞳。愛と誇りに満ちあふれた、優しい瞳。

ハイディは、まるで幽霊を見ているような目でイングリッドを見つめた。「あなた……あなたは誰？」

「ドクター・ウォルトンです。イングリッド・ウォルトン」クリントが言った。「じっとしていてください。Ｘ線撮影をしてけがの程度を確認します」

仕事に集中するのよ。

イングリッドは女性から離れ、携帯型Ｘ線撮影装置を引き寄せて準備を始めた。「動かないでくださいね、ハイディ」言葉を口に出すのが難しかった。

準備をしているあいだ、ハイディからずっと視線を向けられていて、イングリッドは少し居心地が悪かった。

研修医がハイディの体に防護エプロンをかけた。準備が整うと、ハイディ以外は全員部屋を出た。

撮影が終わり、研修医が携帯型Ｘ線撮影装置を運び出した。

ハイディはまだイングリッドを見ていた。あまりにもじっと見つめてくるので、イングリッドは落ち着かなくなった。

お願いだから見ないで。

クリントはハイディのバイタルサインを確認した。イングリッドは自分が役立たずになったような気がした。ここから出ていかなければ。

「まだ補佐が必要かしら、ドクター・アレン？」

クリントは顔を上げた。「いや。Ｘ線写真ができあがるまで、僕が患部を固定しておく」

イングリッドはうなずいた。「必要があれば呼んでね」

彼女はくるりと向きを変え、全速力で走り去った。

ハイディ・ウォルトンの腰部以外の損傷がすべて明らかになるまでに、私のシフトが終わればいいのに。そうすれば、私は彼女の治療にあたる必要がなくなる。もしくは、ほかの外傷患者が搬送されてきたらいいのに。もっと重傷の患者が。

そんなことを考えるなんて最低ね。

イングリッドは自分を責めた。でもいまは、とてもじゃないけどハイディ・ウォルトンに関わることはできない。母親と向き合うことはできない。

彼女は無自覚のうちに長いあいだデスクのそばに立っていたらしく、現像されたX線写真が届けられた。

それを持って検査室へ行き、ライトボックスの上に放り投げた。

「それはミセス・ウォルトンのX線写真かい？」クリントが部屋に入ってきて尋ねた。

「ええ」イングリッドはため息をついた。「人工股関節置換術が必要だわ」

クリントは首をかしげた。「手術をしたくなさそうだね。自分の手で患者を治すのが楽しみだったんじゃないのか？」

イングリッドはうなじをこすった。「そうよ。でも、人工股関節置換術はありふれた手術だもの」

「いったいどうしたんだ？」クリントは不思議そうに尋ねた。「何か隠しているのか？」

「何も隠していないわ！」イングリッドはX線写真をライトボックスからおろしてクリントに渡した。「カルテに記載された担当医はあなたよ。あなたから彼女に説明して。容態が安定したら、私は手術室の予約をして、できる限り早く手術を行うわ」

「わかった。でも整形外科医は君だ。彼女は君から説明を聞きたいんじゃないかな」

イングリッドはかぶりを振った。「いいえ。あなたが話したほうがいいわ。私はもう行かなきゃ」

18

指導医専用の休憩室に隠れていたイングリッドのところに、クリントがやってきた。彼が綿棒と注射器をトレイにのせて入ってきた瞬間、イングリッドにはわかった。彼は知っている。少なくとも、ハイディから何か聞いたに違いない。

ハイディが私に向けていたあのまなざし。

彼女は気づいたのだ。

「ここに隠れていたんだね」クリントはトレイを置いた。

「隠れてなんかいないわ」

クリントに疑うような目を向けられ、イングリッドはうんざりした。

「そうよ、確かに隠れていたわ。でも、さぼっていたわけじゃない」

「さぼっていたとは思っていない」クリントはイングリッドの向かいに腰をおろした。「ハイディから聞いたよ」

「私が彼女の娘だってことを？」

クリントはうなずいた。「君のほうも気づいていたようだね」

「彼女が名乗ったときにわかったわ」

「ＤＮＡ検査を受けたいかい？」

「なぜ？　私はあの人が自分の母親だってわかっている。ＤＮＡ検査は必要ない。誰かさんとは違うわ」

クリントが顔を歪《ゆが》めた。

「ごめんなさい」イングリッドはつぶやいた。「そういうつもりではなかったの」

「構わないよ。だが検査は受けるべきだ」

「なぜ？」

「ハイディの娘なら、君は彼女の手術を行えない」

「私たちを結びつけているのは生物学的要素だけよ。精神的な繋《つな》がりはないわ。何があろうと私は判断を鈍らせたりしない」

「いや、君たちが親子なら、僕は君を手術室には入れられない。わかっているだろう」

イングリッドは腕を差し出した。「じゃあ採血して。早くしてね。一時間後に、人工膝関節《しっかんせつ》置換術を行わなければならないの」

クリントは注射針を取り出して準備をした。「予想どおりの結果だった場合、君のかわりに手術をするのは誰がいいかな？」

「マクアダムスは優秀よ。彼なら信頼できる」穿刺《せんし》部がちくりと痛み、イングリッドは顔をしかめた。「彼を呼び出して」

「そうするよ」クリントは採血を続けた。「さっきはなぜ逃げ出したんだ？」

イングリッドは肩をすくめた。「なぜ、ご家族に帰国したことを伝えないの？」

「ここでその話をしたいのか？」

「いいえ」

クリントはうなずいた。「よかった。結果が出たらすぐに知らせるよ」

「結果がどうであれ、彼女の手術はしたくないわ」

「なぜ？　親子じゃないなら、君が手術を行うのはまったく問題ないが」

「私がいやなの」イングリッドは指で髪をすいた。「もし彼女が私の母親なら、私は母に捨てられた悲しみに向き合わないといけない。そして、もし彼女が母親じゃなかったら、私は母がいない悲しみをまた味わうことになる。どっちにも耐えられそうにないわ。いまはね」

「こんなことになって気の毒だとは思うよ」

イングリッドは肩をすくめた。「向き合いたくないたくさんの記憶がよみがえってきたわ。私、十六歳ぐらいのときに、母を見つけたと思ったことがあったの。その女性は、私と顔がすごく似ていた。毎日彼女を見かけたわ。彼女は食料品店で働いていて、私は頭の中で勝手に想像したものよ。母子の感動的な再会をね。どんなふうにお互いに気づいて、どんな言葉をかけるのかって。

私は一人で想像をふくらませていた。それに気づいた父はかんかんに怒ったわ。結局、彼女は私の母親じゃなかった。私が頭の中でつくり上げた想像は粉々に打ち砕かれた。

私が悩み多き十代を乗り越えられたのはその想像力のおかげだった。落ち込んでつらいときはいつも、一人で想像の世界に逃げ込んでいた。そしてその世界が粉々になったとき、私、いつか母を見つけられると信じるのをやめたの。そしていまも、わからないのよ。本当に母を見つけたいのかどうか」

クリントはしばらく黙っていたが、やがて口を開いた。「検査の結果はすぐにわかるはずだ」

イングリッドはうなずいた。「ねえ、結果が出ても私に知らせないで」

「そんなわけにはいかないよ、イングリッド。君に隠しておけることじゃない」

「できるだけ早くマクアダムスに連絡するわ。ハイディが母親であろうとなかろうと、私、今日は過去の亡霊と向き合いたくないの」

「わかった」

クリントは出ていった。

ラボから呼び出しを受け、クリントは結果を取りに行った。ラボに到着すると、検査技師から書類を渡され、彼はそれを開いた。

やっぱり。

ハイディ・ウォルトンはイングリッドの母親だ。

クリントは書類をたたんでポケットに入れ、ハイディの病室へ向かった。

なぜＤＮＡ検査が必要なのかと、ハイディはクリントに尋ねていた。

術前の精密検査だと嘘《うそ》をつくこともできたが、クリントは倫理と事実を遵守するという規定に従った。嘘をつくことはあり得ない。たとえ、息子の母親のためだとしても。

愛する女性のためだとしても。

クリントはハイディの病室の前で立ち止まった。

僕はイングリッドを愛しているのか？

クリントは恐怖を覚えた。自分が人を愛せる人間なのかわからない。昨夜、イングリッドは僕の防御の壁を突き破った。だが、僕はこう思っていた。自分が求めていたのは、あくまでも肉体的な繋がりにすぎないと。

とはいえ、心の奥底ではわかっていた。イングリッドに夢中になっていると。彼女は僕が拷問を受けていたとき、痛みから気をそらすために、ずっと思い浮かべていた女性だ。

これまで出会った中で最も強く、最も気骨のある女性だ。

なんてことだ。

人に愛を与えることも、いい父親になることも僕にできるはずない。家族にさえ事実を伝えられていないのに。海外の任務を終えて国に戻り、仕事をし、子供も生まれていることを。

いったいいつから、僕の人生はこんなにややこしくなってしまったんだ？

ブロンドの女性の誘惑に屈したときからだ。

クリントは首を振り、余計な考えを頭から追い払おうとした。いまはとにかく職務を遂行しなければ。

病室へ入ると、ハイディが振り向いた。彼女はイングリッドとよく似た瞳でクリントを見つめた。

「結果は？」

　クリントはうなずいた。「一致しました。彼女はあなたの娘です」

　彼はハイディが喜ぶと思っていた。だが彼女は涙をこぼし、かぶりを振って片手で顔を覆った。

「大丈夫ですか、ミセス・ウォルトン？」

「大丈夫です。私、わかっていたんです。イングリッドを忘れるはずないって」ハイディは手の甲で涙を拭った。

　クリントはティッシュペーパーの箱を取って彼女に渡した。

「ありがとう」

「何か僕にできることはありますか？」

「いいえ。ありません」ハイディは長いため息をついた。「私はずっと娘を捜していたんです」

「ミスター・ウォルトンとイングリッドは、ここの出身だと思っていましたが」

「いいえ。私たちはアイダホに住んでいたんです。元夫は私を家から追い出し、荷物をまとめてイングリッドを連れて引っ越してしまった。引っ越す理由も行き先も、教えてはくれなかった。ああ、あのときはどれほどつらかったか」

「それは、親による子供の誘拐ですよ」

「あのころはそんなふうに呼ばれていなかった。片親による子供の連れ去りはそんなに問題視されていなかった。いまほどにはね」ハイディは息をついた。「一年ぐらい前、サウスダコタ州のラピッドシティにいる整形外科医のことを耳にしたんです。ちょうど私の娘ぐらいの年齢で、ブロンドの女性だって。それを聞いたとき、行って確かめなければならないと思ったわ。それで私、何カ月もずっとあの子を観察していたんです」

　クリントはぞっとした。ハイディは何カ月もイングリッドを観察していたのか。ということは、ジェイスのことも知っているはずだ。

「なぜイングリッドに連絡しなかったんです？」

「妊娠している娘を動揺させたくなかったの」ハイディの頬を涙が伝った。「教えて。イングリッドは夫に大事にされているの？　私と同じ過ちを犯してはいないわよね？　彼女の夫は、相手を意のままにしようとする男なんかじゃないわよね？」

　クリントは下唇を噛《か》んだ。「個人的な情報はお教えできません。本当に申し訳ないが」

　ハイディはうなずき、顔をそむけて窓の外を見た。「あの子が父親のような男と結婚していないことを祈るわ。進む道を自分で選び取れたのならいいんだけど」

「イングリッドは僕が出会った中で最も優秀な整形外科医ですよ。彼女は自分で職業を選び、仕事を愛しています」

　ハイディはにっこりした。「ありがとう。イングリッドが私の手術を行うの？」

「いいえ。あなたたちは血縁者です。血縁者による手術は病院の規則で禁じられています」

「じゃあ、イングリッドも知っているのね」

　クリントは首を縦に振った。「ええ。彼女はドクター・マクアダムスを推薦しています。連絡をしていますから、もうじき病院に来るはずです。あなたの手術の打ち合わせをするために」

　ハイディはうなずいた。「ありがとうございます、ドクター・アレン」

　クリントはハイディのカルテを持って病室を出た。僕はイングリッドに伝えなければならない。お母さんは君を捨てたんじゃない、君をずっと捜していたんだ。そう言わなければならない。

　もし、彼女が耳を貸してくれるのなら、だが。

19

イングリッドは廊下に立ち、窓から母親の病室を覗《のぞ》き込んでいた。

まだ頭が追いついていない。

クリントは何も言わなかった。彼はただ検査の結果を持ってきて、そして離れていった。

ドクター・マクアダムスは休みの日に呼び出されて不満げだったが、患者が血縁者のためイングリッドが手術を行えないことを説明されると、機嫌を直した。イングリッドはいま、皆の視線が自分に向いているように感じられた。

病室の中で母親に付き添っていないことを、責められているように感じる。

いまやりたいことは、家に帰ってジェイスを抱きしめることだった。

「中へ入って話してきたらどうだい？」クリントが隣に来て耳元でささやいた。

「なんのこと？」

クリントは片眉を吊《つ》り上げた。「君はあの窓を何時間も見つめている」

「いいえ、そんなことしていないわ。私はカルテを書いていたの」イングリッドはため息をついた。

「頭を整理するのが大変なのよ」

「わかるよ。それならなおさら、中へ入って彼女と話をしたらどうかな」

イングリッドは目をぐるりと回した。「いったい何を言えというのよ。〝お母さん、あなたのことはあまり覚えていないけど、調子どう？〟って？」

「ずっと君に連絡を取らなかった理由が、何かあるんじゃないかな」

「そうなの？　あなた、彼女から何か聞いたのね」

「ああ」

「いまから説明するつもり？」

「いや。守秘義務に違反することになるからね」

　イングリッドはカルテを閉じた。「もう行くわ」

「イングリッド、彼女と話したほうがいい」

「話すことは何もないわ」

　イングリッドがそう言ったとき、ハイディの病室から緊急ボタンのアラーム音が聞こえてきた。

　そんな。

　イングリッドはカルテを放り出して病室へ駆け込んだ。蘇生《そせい》チームも急いで入ってきた。

「君は彼女に触っちゃだめだ」クリントはイングリッドの肩をつかみ、彼女の体を脇にどけた。同僚の医師や看護師たちが母の命を救おうとするさなか、イングリッドは傍観するしかなかった。

　見守りながら、喉が締めつけられた。

　クリントは指揮をとり、大声で指示を出しながら、ハイディの状態を確認した。

　イングリッドは、自分のまわりのものがすべてぼやけて崩れていくような——まるでスローモーションで列車事故を見ているような、そんな感覚に陥った。

「イングリッド！」クリントが大声で呼んだ。「大動脈解離を起こしている。緊急手術を行わなければならない。君は彼女の唯一の近親者だ」

　イングリッドは喉に込み上げてきたものをのみ込んだ。「手術に同意するわ」

　母を失うわけにはいかない。聞きたいことが山ほどある。いったい何をためらっていたのだろう？

　私は何年もずっと、父からこう聞かされていた。母は私を欲しがらなかったのだと。彼女は家族を捨てて出ていったのだと。もしそれが嘘《うそ》だったとしたら？　事実を知らないまま、いま、母を失いかけているとしたら？

「手術室の準備を」クリントが叫んだ。「大至急だ！」

「ドクター・グラニュールを呼び出して。オンコールの胸部心臓外科医は彼女のはずよ」イングリッドは声をかけた。

「ドクター・グラニュールは手術中だ」クリントは言った。「僕は大動脈解離の手術をしたことがある」

研修医たちがハイディを病室から運び出し、エレベーターへ向かった。クリントは彼らのあとを追い、イングリッドも続いた。

イングリッドは整形外科医だが、大動脈解離の手術が命に関わる複雑なものであることは知っている。そして、クリントは問題を抱えている。

エレベーターは手術室のある階へとおりていった。

「私、胸部心臓外科の専門医に母の手術をしてほしいわ」イングリッドはクリントを見つめて言った。

「誰でもいいから、呼び出して」

エレベーターがとまり、研修医たちはハイディを手術室へ運んだ。クリントは手洗い室に入っていった。イングリッドはクリントのあとについていき、彼が白衣を脱いで手術帽をかぶるのを見つめていた。

「私が言ったこと、聞こえなかった？　ほかの人を呼び出して」

「僕は大動脈解離手術を行える」クリントは両手を水に浸してこすり始めた。「前にもやったことがあるんだ」

「ほかの人がいいの」

「なぜ？」クリントは尋ねた。「言っただろう。僕にできるよ」彼はマスクを着けて手術室へ向かった。

イングリッドもマスクをつかんであとを追った。

「あなたを信頼していないからよ、ドクター・アレン」

手術室看護師たちが振り返り、麻酔専門医は咳払《せきばら》いをした。

「え？」クリントは手術衣の袖に腕を荒々しく通して手袋をはめた。「いま、なんて言ったんだ？」

「あなたを信頼していないの」イングリッドは手術台の上にいる母にちらりと目をやり、涙が込み上げそうになった。「あなたは心的外傷後ストレス障害《PTSD》を抱えているわ。少し前、似たような手術をしているときにあなたが固まっているのを見たんだもの。そんな人に母の手術はしてほしくない」

マスクを着けたクリントの瞳が陰り、イングリッドは震えた。

ひどいことを言ってしまった。でも怖い。もし、胸部を切り開いているときにクリントが固まって、母が死んでしまったら？

「なんだって？」クリントは冷たい声で言った。

「ドクター・アレン、患者が意識を失いかけています！」看護師が言った。

イングリッドはハイディを見てから、クリントに視線を戻した。

クリントはハイディのほうへ移動した。

「クリント！」

彼はくるりと振り返った。「ドクター・アレンだ。さあ、僕の手術室から出ていってもらおう」

「ドクター——」

「出ていってくれ」クリントはそう言うと、イングリッドに背を向けた。

イングリッドは小声で毒づき、手術室から飛び出した。いまの状況すべてに腹が立っていた。クリントを信頼できないことも、母親に話しかけようとしなかったことも。

クリントとの関係が進展する可能性が、完全になくなってしまったことも。

私はすべてを台無しにしてしまった。

クリントは処置を終えた。顔を上げてちらりと窓のほうを見ると、イングリッドがこちらを見つめていた。

　手術室には張りつめた空気が漂っていた。看護師たちは神経を尖《とが》らせ、研修医はいつもよりたくさん質問をしてきた。麻酔専門医ですら気を張っていた。まるで、クリントがとんでもない失敗をすると思っているかのように。

　それとも、実際は空気が張りつめているのではなく、単にクリントが傷ついているせいで、そんなふうに感じるのかもしれなかった。裏切られたショックが大きすぎて、フラッシュバックも起きなかった。

　いずれにせよ、ハイディ・ウォルトンを手術台で死なせるつもりはなかった。やっぱり失敗したと、まわりの人間に思わせるわけにはいかなかった。

「ドクター・ハート、縫合をお願いできるかな」

「もちろんです、ドクター・アレン」ドクター・ハートが前に進み出ると、クリントは手術器具を置いて手術台から離れた。

　手洗い室へと向かうとき、イングリッドがいなくなっているのに気づいてうなり声をあげた。

　彼女は僕の秘密をばらした。

　噂《うわさ》が広まったら僕は職を失いかねない。

　とはいえ、そもそも僕は仕事をするべきじゃなかったのだ。

　ドイツでクリントを診ていた精神科医は、彼は十分に回復していて、仕事に復帰してもいいと判断した。だが、クリントは回復したふりをしていたにすぎなかった。だから、イングリッドが不安に思ったのも理解できる。彼女は僕が苦しんでいるのを知っているから。とはいえ、手術室で暴露するなんて。

　イングリッドは、スタッフの僕に対する信頼を揺るがしたのだ。

　彼女が手洗い室へ入ってきた。

「ここではだめだ」クリントは彼女を見ずに言った。「ここでその話をするつもりはない」

「わかったわ」

クリントは手洗いを終えて部屋を出た。イングリッドは後ろからついてきた。二人は診察室に入り、クリントは照明をつけてドアを閉めた。腕を組んでドアにもたれ、イングリッドを見つめる。

「手術はうまくいったの？」

「ああ、問題なく処置を終えた。お母さんの体力が回復したら、ドクター・マクアダムスが人工股関節置換術を行う」

イングリッドは唇をすぼめてうなずいた。「あんなことを言って申し訳なかったわ。私、パニックになっていたの」

「君は患者を危険にさらすところだった。わかっているのか？　君が言ったことのせいで、全員が神経を尖らせていた」

「それはよかったわ。神経を尖らせていれば、あなたが固まったときに気づけるもの」

「君にはあんなことを言う権利はなかった」

「権利ならあるわ。患者は私の母親なんだから」

クリントは鼻で笑った。「お母さんが緊急ボタンを押すまでは、君は彼女と関わろうともしていなかったじゃないか」

イングリッドは眉をひそめた。「彼女は私を捨てたのよ」

「そうじゃない。お父さんが君を連れ去ったんだ」

イングリッドは目を丸くして後ずさった。「なんですって？」

「君のお母さんがそう言ったんだよ」

「父がそんなことするはずないわ」

「君のお父さんはひどいやつだ。僕は話したことがあるからわかる」

「そう、人の親とは話すのね。自分の家族とは話さないのに」

クリントは顔を殴られたような衝撃を覚え、壊れたはずの心の壁がまた積み上がっていくのを感じた。どうして僕は、誰かに心を開いてもいいなんて思ったんだろう？　信用に値する人間などいないのに。

「もう行くよ」クリントは背を向けた。

「残念だわ、クリント。私たち、近しくなろうと思ったのが間違いだったわね」

彼は鼻を鳴らした。「まったくそのとおりだ」

外科部長のオフィスに呼び出されたとき、クリントは驚かなかった。時間の問題だった。院内の人間が、患者の身の安全や、その患者を担当している医師の能力に疑いを抱いたら、こうなるのは当然だ。

「ドクター・アレン、入ってくれ」ドクター・ウォードが向かいの椅子を示した。

部屋にいるのはドクター・ウォードだけだった。理事会のメンバーはいない。弁護士もいなければ、人事部の人間もいない。つまり、解雇されるわけではないということだ。いまはまだ。

「なんのご用でしょうか、ドクター・ウォード」

「今週、君が指導した研修医のドクター・ヘインズが、不安を感じていてね」

クリントはうなずいた。「ドクター・ウォルトンが言ったことについてですね」

ドクター・ウォードもうなずいた。「私もかつては軍医をしていたんだ、ドクター・アレン。君はＰＴＳＤを抱えているのかい？」

クリントは凍りついた。なんと言えばいいのかわからなかった。長いあいだ、彼は事実を心の中に秘め、世間から隠していた。ずっと万事順調なふりをしていた。心の底では、そうではないとわかっていても。

任地に赴く前のクリントはもういなくなっていた。

体は存在していても心は死んでいた。だが、イングリッドは彼の中の感情を呼び覚ました。彼の中の麻《ま》痺《ひ》した部分を、彼女は打ち破ったのだ。

「脱出後に僕がリハビリを受けていた、ドイツの病院の診療記録をお持ちだと思いますが」

　ドクター・ウォードはファイルを持ち上げた。

「ああ、持っている。これによると、君は外科治療を行うことは許可されているが、軍の任務は解かれているね」

「そうです」

　ドクター・ウォードは眉根を寄せた。「君はＰＴＳＤを抱えているのかい、ドクター・アレン？」

「はい」生々しい感情の波がいっきに押し寄せたが、クリントはなんとか平静を装った。

「ドクター・アレン、君はカウンセリングを受けるべきだと思う。ドクター・ウォルトンは……たしか、君が手術をしたのは彼女の母親だったね」

　ドクター・ウォードは、厄介な事態になっていることをやんわりと伝えようとしていた。

「ドクター・ウォード、僕はドクター・ウォルトンの懸念は理解しています。彼女の言うとおりなんです。これまで何度か、患者の命を危険にさらしかねなかったことがありました。フラッシュバックが起きる頻度は増えていますが、僕の実績を見てください。患者を死なせたことは一度もありません」

　ドクター・ウォードはうなずいた。「君が優秀なのはわかっている。だが、勤務中にフラッシュバックが起きているなら、専門家の助けを求めるべきだ」

「わかっています。だから可能であれば、治療のために休職したいと思っています」

「ぜひそうすべきだよ」ドクター・ウォードはほほ笑み、クリントに名刺を差し出した。「ドクター・クレオはうちの病院が契約している精神科医で、Ｐ

TSDの治療を専門にしている。私も彼女の患者なんだ。私自身、海外の任務を終えて戻ったあとは手術を行うのがつらかった。医療物資が足りず、安全に処置を行う環境もなかったために、簡単な手術で命を落としてしまった人々のことを考えてしまうから。戦地の惨状は、それを生きた者にとって簡単には忘れられないものだ」

「僕は捕虜になったんです」

「知っているよ、ドクター・アレン」ドクター・ウォードは報告書を叩《たた》いた。「ここにすべて書いてある」

「僕がいま手術を行うのがつらいのは……拷問を受けたり戦闘で負傷したりした兵士に、麻酔薬なしで処置を施さなければならなかったからなんです。男三人がかりで取り押さえている人間の脾臓《ひぞう》を修復したり、手足を切断したりするのは簡単じゃない」

「わかるよ」

クリントは髪に手を通した。「外科医をやめて、一般開業医になろうかとも思いました」

「いまはそうしたくはないのかい？」

クリントは首を横に振った。「自分がどうしたいのかわからないんです」

嘘つきめ。

自分がどうしたいかはわかっている。

僕はいまも外科医でいたい。命を救うという重大な使命を果たしたい。そして、イングリッドと一緒に人生を歩みたい。

今日、イングリッドは手術室で僕を信頼してくれなかった。だが、僕には彼女の気持ちがわかる。自覚はないかもしれないが——彼女も、僕と同じように苦しんでいる。苦しんできた時間は彼女のほうがずっと長い。

「ドクター・クレオの診察の予約を入れて、人事部に行き、しばらく病気休暇を取ると伝えたまえ。ドクター・クレオが許可を出したら仕事に復帰していい。君は本当に優秀な外傷外科医だ、ドクター・アレン。君を失うのは惜しい」

クリントは立ち上がり、ドクター・ウォードと握手した。「ありがとうございます」

「お安いご用だ」

クリントはドクター・ウォードのオフィスを出て、外科病棟へ向かった。イングリッドを見つけなければならない。僕は困難から抜け出す努力をするつもりだと、彼女に言わなければならない。そして、どれほど彼女を愛しているかも伝えたいが、それはできそうにない。

愛を告白することを考えただけで神経が張りつめ、怖くてたまらなくなる。

意気地なしめ。

イングリッドは指導医専用の休憩室にいた。無表情でぼうっと宙を見つめている。クリントが部屋に入っていっても、彼女は顔も上げなかった。

「お母さんに何かあったのか？」

「いいえ」イングリッドは顔を上げてクリントを見た。「外科部長のオフィスに呼び出されたそうね」

「ああ。話をしてきたよ」

「ごめんなさい」

「いいんだ」

「ねえ、私……あなたには休養が必要なんじゃないかと思うの」

「え？」

「この一年、私たちにはいろんなことがあったでしょう。私はまだ、あなたと関係を築いていく気になれないの」彼女は唇を噛《か》んだ。「あなたが人の助けを借りて立ち直るまでは」

「君は？」クリントは尋ねた。「君も助けを求めるべきなんじゃないのか？」

「私はＰＴＳＤに苦しんではいないわ」

「PTSDのことを言っているんじゃない。君には、向き合わなければならない過去があるだろう」

　イングリッドはうなずいた。「わかっているわ。だからこそ、私、あなたの家を出ようと思うの」

　クリントは椅子に座った。「僕の家を出てどこへ行くんだ？」

　彼女は肩をすくめた。「数日間仕事が休みだから、そのあいだに近くでアパートメントを探すわ」

　彼女を行かせるな。クリントの心が叫んでいた。

「ドリスには数カ月分の給料を前払いしてある。どこへでも喜んで来てくれるよ」

「ありがとう」イングリッドは立ち上がった。「あなたの家に戻って荷物をまとめなくちゃ」

「わかった。でも、連絡のつく電話番号は書いておいてくれ」

「職場で会うでしょう？」

「いや。しばらく休暇を取るつもりなんだ」

　イングリッドの顔が青ざめた。「そんな。私のせいなの？」

「ああ。でもこれでよかったんだ」

「そうよね。私、あなたが手術についてどう感じていたかはわかっているわ」イングリッドはそう言うと、ためらいを見せた。まるで、クリントが手を伸ばして引きとめるのを待っているかのように。だが、彼にはそれができなかった。

　彼女を放してはだめだ。

　イングリッドの顔は悲しげだった。「さようなら、ドクター・アレン」

　クリントは動けなかった。イングリッドは休憩室を出てドアを閉めた。

20

外傷外科の臨時責任者がハイディと話すのを、イングリッドは見つめていた。イングリッドがクリントの家を出て、フィロミナの家に転がり込んでから二週間がたっていた。

フィロミナの家には、ガレージの上に家族や友人を泊めるためのアパートメントがあった。いまは誰も使っていないからと、フィロミナは快くイングリッドに提供してくれた。

クリントは有給の病気休暇を取っており、いつ復帰するのかは誰も知らない。イングリッドは一度ドクター・ウォードに尋ねてみたが、そういうことは明かせないと言われた。

それに、クリントは一度もジェイスに会いに来ていない。イングリッドは傷ついていた。

もともとジェイスを一人で育てるつもりだったとはいえ、クリントが関わるようになってからは状況が違っていた。

いまはそれが恋しい。

イングリッドはクリントが自分の人生に戻ってきたことを恨んだ。

彼女はクリントに夢中になり、彼を必要とし、頼るようになってしまった。そのことを恨んだ。だって、彼を愛していたから。イングリッドは全身全霊でクリントを愛していた。それなのに、彼は彼女をあっさり手放した。

父親が私に、自立しろ、行動に責任を持てと教えたのは、こんなふうに傷つかないですむようにするためだった。

しかしクリントによると、父が長年言い続けてきたことは真っ赤な嘘《うそ》だったらしい。事実を知りたいなら、病室の中にいる、大動脈解離と人工股関節置換術から回復中の女性に聞くしかない。

ハイディの人工股関節置換術は昨日行われ、経過は良好だった。彼女は大動脈解離の手術からも順調に回復していた。とはいえ、元の生活に戻るまでにはまだ長い道のりが待っている。

病室から出てきたドクター・マキッドにイングリッドは近づいた。

「彼女の具合はどう？」

「とてもいいよ。おそらく明日には、集中治療室から一般病棟に移せるだろう」

「よかったわ」イングリッドはそう言って、病室をちらりと見た。母は目を閉じて休んでいたが、どういうわけかイングリッドには彼女が眠っていないことがわかった。

イングリッドは一歩前に進み、ドアの前で立ち止まった。

「ドクター・ウォルトン、どうぞ入って」ハイディは目を開けた。「噛《か》みついたりしないから」

イングリッドは何も言わずに中に入り、ドアを閉めた。「気分はどう？」

ハイディは首をかしげた。「それは医者としての質問かしら？」

「いいえ。私はあなたの担当医ではないから」

ハイディはゆっくりとうなずいた。

「どれぐらいのあいだ、私を観察していたの？」イングリッドは尋ねた。

「長くはないわ。二、三カ月かしら。ドクター・アレンはあなたの夫なの？」

「いいえ。私の子供の父親ってだけ」

ハイディはくすくす笑った。「あなたのお父さんは大喜びしたでしょうね」

「私を見放したわ」

ハイディはため息をついた。「あなたがあの人のもとで育たなければならなかったことを申し訳なく思うわ」

　イングリッドは肩をすくめた。「ほかに選択肢はなかったわ。母親はいなくなっていたし」

「私は自分の意志であなたを捨てたんじゃないわ、イングリッド。私が決めたことじゃない」

「信じるのは難しいわ。これまでずっと、まったく逆のことを言われてきたから。なぜ家を出ていったの？」

「あなたのお父さんを愛していなかったから。彼は私を思いどおりに操ることができなかったから。私は夫に支配されて生きたくなかったし、あなたにも、そんなふうに育ってほしくはなかった」

　イングリッドはベッド脇にある椅子に座った。

「父さんは私を連れ去ったのね」

「ええ。当時は、片親による連れ去りなんていう概念はなかったし、私にはどうすることもできなかったの」

「私のために戦ってくれてもよかったはずよ」イングリッドはきっぱりと言った。

「当時の私には何もなかったの。あなたのお父さんに何もかも奪われて。私は学歴も、仕事に生かせるような技術も持っていなかった。お金を掻《か》き集めて学校へ行こうとしたわ。いつか、あなたの親権を求めて戦えるように。でもそれを実現する前に、彼はアイダホの家を売却して引っ越してしまった」

　父は私に嘘をついていたのだ。父は何年ものあいだ、私にこう言っていた。母は自由に生きるために、夫と娘を捨てたのだと。

　母は私を愛していなかったのだと。

　イングリッドは両手で頭を抱えた。「ああ、なんてこと」

「彼は私があなたを愛していないと言ったの？」ハ

イディは言葉を詰まらせた。「ずっと愛していたわ」

「もう何を信じたらいいのかわからない」イングリッドは手の甲で涙を拭った。「父さんはいつも言っていたわ。間違いを犯しても、自分以外に頼れる人はいないって。自分の行動に責任を持たなければならないって。だから私、そのとおりに生きてきたわ。決してリスクを冒さないように。でも……」

「人生はチャンスをつかめるかどうかなのよ、イングリッド」ハイディはため息をついた。「私は若くして結婚したの。あなたのお父さんのように抑圧的な両親のもとで育った私は、聞き分けがよくて従順な人間だった。あなたのお父さんと出会ったとき、彼は裕福でハンサムで、私は内気な壁の花だった。彼が興味を向けてくれて、私、世界一の美女になったみたいな気がしたわ。私たちは結婚し、彼は私を世界一周のハネムーンに連れていってくれた。私は夢心地だった。でも、家に戻るとすべてが一変したの。毎日が暗然としたものになり、私はあなたを妊娠した」

「後悔している？」

「いいえ。後悔はしていないわ。子供を持つことはあなたのお父さんの計画にはなかったけど、彼は責任を果たしたがったし、私はよい主婦でいなければならなかった。でも、あのころはちょうど時代の転換期で、私はチャンスを逃したことを後悔するようになっていた。それで、あなたのお父さんが家にいないときに学校に通い始めて、ある男性と出会ったの」

「浮気をしたの？」

「ごめんなさい、イングリッド。私はあなたのお父さんを愛していなかった。パトリックを愛していたの。あなたのお父さんは離婚を拒んだまま引っ越してしまったから、結局、私はパトリックとは結婚できなかったわ」

「パトリックはいまどうしているの？」

ハイディの顔が曇った。「五年前にがんで亡くなったわ」

「お気の毒に」

「気の毒だと思わないで。私は愛を知ることができたの。悔いはたくさんあるわ。あなたのお父さんと結婚したこと、あなたを失ったこと。でも、あなたを産んだことを後悔したことはないわ」

イングリッドは手を伸ばして母親の手を握った。

「話してくれてありがとう」

ハイディも手を握り返した。

イングリッドは携帯電話を取り出し、画面にジェイスの写真を表示させると、母に渡した。

「これは？」ハイディは尋ねた。

「あなたの孫よ」

写真を見つめるハイディの目に涙があふれた。

「名前は？」

「ジェイス・アレン・ウォルトン」

「美しい子だわ」ハイディは携帯電話をイングリッドに返した。「彼の人生の一部にもなりたいけど、何よりもあなたの人生の一部になりたいわ、イングリッド」

イングリッドは唇を噛んで涙をこらえた。「ぜひそうなってほしいわ」

「だから、私の助言を聞いて。ドクター・アレンを手放してはだめ」

イングリッドは驚いて目を見開いた。「な、何を言っているの？」

「彼はあなたを愛しているわ」

「どうしてわかるの？　彼がそう言ったの？」

「いいえ、彼は口が堅かったわ。あなたみたいにね。あなたは廊下に隠れてこっそり私を見ているつもりだったんでしょうけど、私はあなたがいるのに気づいていたわ。そして、あなたとドクター・アレンが、互いに引き寄せられているのも見たわ。あなたのことを話したり、私の過去について聞いたりするときの、彼のまなざしも」

「でもクリントは私が家を出ていくのをとめなかったわ。いまは病気休暇を取っていて、どこにいるかもわからない。連絡をくれないし、ジェイスに会いに来たこともないのよ」

「彼を見つけなさい、イングリッド。彼を手放してはだめ。自分の気持ちを伝えなくちゃ」

イングリッドは神経質な笑い声をあげて立ち上がった。「私、自分の気持ちがわからないのよ」

ハイディは首をかしげた。「わかるはずよ。心の中を探ってみて」

「またあとでね」イングリッドはドアを開けて病室を出た。

私はクリントを愛しているの？　本当に？

ええ、愛しているわ。だけど、自分の感情を制御できなくなるのが怖い。誰かを自分の人生に迎え入れるのが怖い。

この恐怖心を克服するのはすごく難しい。でも、困難から逃げ出すのは私の流儀じゃないはず。

イングリッドは早めに昼食をとり、駐車場へ駆け出した。嬉《うれ》しいことに今日は穏やかな晴れた日で、道路は滑りにくいだろう。

街を抜けて、州間高速道路に入るのにそれほど時間はかからなかった。

クリントの家へ続く道へ入るころには、イングリッドの心臓は胸から飛び出しそうになっていた。ランチハウスが目に入ると、耳の中で響くほど鼓動が激しくなった。だが、私道に車をとめたとき、何かがおかしいと感じた。

玄関ドアが開き、中から家政婦のマリアが出てきた。イングリッドは彼女に近づいた。

「マリア？」

マリアはイングリッドを見てにっこりした。「ドクター・ウォルトン。お久しぶりですね。かわいい赤ちゃんは元気ですか？」

「ジェイスは元気よ。ドリスがよく面倒を見てくれているわ」

マリアはほほ笑んだ。「よかったわ」

「ドクター・アレンはどこ？」

「たしか、ご家族に会いに行っているはずですよ。もう一週間になります」

「場所はどこなのか知っている？」

マリアは唇を噛んだ。「ビスマークじゃないかしら。そこに家族が引っ越したと言っていた気がしますけど、よくわからないわ」

「いつ戻ってくるの？」

マリアは眉をひそめ、同情するようなまなざしをイングリッドに向けた。「それは聞いていません。来週、電話するって言っていました。伝言を預かりましょうか？」

「そうね。私が立ち寄ったと伝えて。それと、赤ん坊は元気だって」

マリアはにっこりした。「わかりました。さようなら、ドクター・ウォルトン」

イングリッドは沈む心を抱えて車に戻った。

クリントは連絡のつく電話番号を私に教えなかった。つまり彼はおそらく、私とジェイスとの関わりを断ち切ったのだ。

彼は私と同じ気持ちではないということだ。

すごくつらい。でも、私はいったい何を期待していたの？

クリントは戦地で傷を負った。彼は最初から警告していたはず。彼の中には、私に与えられるものは何もないと。でも私は彼のそばにい続けた。

あの夜――クリントがジェイスの部屋に来て私が欲しいと言ったとき、私は応じるべきじゃなかった。

彼をとめるべきだった。

でも、私も彼が欲しかったのだ。

どうしようもなく。

そしていま、すべてが消えてしまい、イングリッドは自分を責めるしかなかった。

私は手術室でクリントに恥をかかせた。彼が病気休暇を取らなければならなくなったのは私のせいだ。

もし私があんな行動を取らなければ、こんなことにはならなかっただろう。

あなたは正しいことをしたのよ。

イングリッドは自分にそう言い聞かせようとした。彼が心的外傷後ストレス障害《PTSD》を抱えたまま仕事を続ければ、多くの患者を危険にさらしかねない。私は正しいことをしたのだ。

とはいえ、彼がそのことで私を恨むのももっともだ。

だからこそ私はクリントの家を出たのだ。彼に冷たい目を向けられないですむように。気まずい沈黙に耐えなくてすむように。

彼は私を引きとめなかった。私をあっさりと手放した。

わざわざ会いに来て思いを打ち明けようだなんて、どうかしていたわ。クリントはドリスにベビーシッター代を払っているのだから、私がどこにいるかも知っているはずだ。

彼の行動が多くを語っている。感情に突き動かされて、ここまでやってきた私が愚かだった。

つらいけれど、きっと乗り越えられる。息子のため、そして自分自身のためにも乗り越えなければならない。

21

二週間後

クリントはフィロミナの家の前に立っていた。正確には、フィロミナのガレージの前に立ち、アパートメントを見上げていた。

勇気を出せ。

一カ月前にラピッドシティを離れたとき、行き先も目的もイングリッドには伝えなかった。マリアから、二週間前にドクター・ウォルトンが来たと言われたとき、なぜもっと早く電話しなかったのかと悔やんだが、クリントは忙しかったのだ。

彼は心的外傷後ストレス障害《PTSD》を克服しようとしていた。そして、その取り組みの一つとして、家族に会いに行った。それはクリントにとってとても難しいことだった。

亡くなった父はクリントが医学部に行くことにも、軍医になることにも反対していた。父はクリントが建設業に進み、自分のあとを継いでくれることを期待していた。

任地で囚《とら》われ、拷問を受けたとき、クリントは医療への情熱を失い、頭の中では父の叱責が聞こえていた。彼は罪悪感に駆られた。もう外科医ではいたくないと思ったことだけでなく、父の功績を引き継ぐ機会を逃してしまったことにも罪の意識を抱いたのだ。

クリントが玄関先に現れたとき、彼の母は仰天した。

〝クリント？〟抱き寄せてくれた母の声に滲《にじ》む驚きと喜びを、いまでもありありと思い出せる。そのあと母は質問を浴びせ、何度か彼の頭を軽く小突いて、帰国を隠していたことを叱った。クリントが説明し終えると、母は再び彼を抱きしめた。

そして母は言った。自分を責める必要はないと。あなたはできる限り義務を果たしたのだし、そのことを父は誇りに思うはずだと。

父は外科医の息子を自慢に思っていた。息子が軍に入隊したことも、彼がいつか海外に行き、人々の命を救うであろうことも、誇らしく思っていた。

クリントは泣き崩れ、これまでのことを話した。イングリッドとの間に起きたことも、すべて打ち明けた。

愛する女性に心を開けなかったために、彼女との関係を台無しにしてしまったこと。彼女と過ごした夜のはかない記憶のおかげで、多くの困難を乗り越えられたこと。

イングリッドに愛を感じるのは、彼女の記憶が自分にとって安全毛布のようなものだからではないかと考えたときもあったが、そうじゃないと心ではわかっていた。

彼女がジェイスを連れて家を出ると言ったとき、クリントの心の一部が死んだ。そのときの彼には、手を伸ばして欲しいものをつかもうとする精神的な強さがなかったのだ。

彼は臆病者で、自分自身を許す努力をしている最中だった。

母と話すことで、クリントは自分の本当の気持ちを理解できた。そして母は、知らないうちに孫が生まれていたと知ると、またクリントの頭を小突いた。

先週、クリントの母はジェイスとイングリッドに会うためにラピッドシティを訪れ、イングリッドの母にも会っていた。

クリントが母に、イングリッドは僕のことを尋ねたかと聞くと、母は答えた。尋ねることは尋ねたが、あくまで安否確認のようなものだったと。

クリントは傷ついた。だが、いったい何を期待していたのだろう？　僕は彼女を手放し、街を離れることも伝えなかった。

僕はイングリッドとジェイスとの繋《つな》がりを断ち切った。

いまは後悔している。なぜなら、二人に自分の人生の一部であってほしかったし、自分も、二人の人生の一部になりたかったからだ。

イングリッドにふさわしい男になりたい。まだ道のりは長いが、僕はイングリッドとジェイスにそばにいてほしい。

彼女を手放したことは人生最大の過ちだった。いま僕はその過ちを正そうとしている。

たとえ拒絶されても、僕は二人のそばにいるつもりだ。

僕は仕事に復帰する。そして、イングリッドの愛と信頼を取り戻す。

僕にはイングリッドしかいない。

僕にとって大切なのは、イングリッドとジェイス、そして再び外科医になることだけだ。ＰＴＳＤを克服して、過去の呪縛を葬り去るつもりだ。なぜなら、それはただのまぼろしにすぎないのだから。

クリントは恐れの中で生きることにも、過去を引きずることにもうんざりしていた。彼が何よりも欲しいのは明るい未来だった。

希望と癒しに満ちた未来だ。

クリントは深呼吸をして階段をのぼり、ドアをノックした。

ドアを開けたのはドリスだった。彼女は驚いて目を見開いた。「ドクター・アレン、お久しぶりですね」

「やあ、ドリス。ドクター・ウォルトンはいるかな？」

「いえ、病院にいます。あと一時間ほどで帰ってきますよ」ドリスは脇に寄った。「入りますか？」

「ああ」

低いドア枠をくぐり抜けてすぐ、アパートメントの狭さに気づいた。目を閉じて十まで数え、狭い空間に対する恐怖心を抑え込む。

「しばらくいらっしゃいます？」ドリスが尋ねた。

「ああ」

「おむつを買いに行かなきゃならないんですけど、よろしければジェイスを見ていてもらえますか？」

「もちろん」そう答えたものの、心臓が早鐘を打ち始めた。最後に息子を見てからずいぶん時間がたってしまっている。

ドリスはにっこりした。「三十分で戻ります」

クリントがうなずくと、ドリスはアパートメントを出ていった。狭いリビングルームにクリントは一人残された。七〇年代と八〇年代の装飾がごちゃ混ぜになった部屋は老婦人の住まいのようで、イングリッドの好みではないことは明らかだった。

小さな窓から外を覗《のぞ》いたとき、泣き声が聞こえた。

ジェイスだ。

クリントは廊下を進み、ジェイスの部屋のドアを見つけて開けた。

最初に気づいたのは、息子が一カ月でどれほど成長したかということだった。ジェイスはベビーベッドの上で、小さな拳で目をこすってすすり泣いていた。

クリントの目に涙が込み上げる。僕は息子の一カ月の成長を見逃した。それどころか、あまりに長いあいだ心を凍りつかせていたために、多くのことを見逃してしまった。

彼が足を踏み出すと、床がきしんだ。

ジェイスが顔を向け、澄んだ青い瞳でクリントをとらえた。クリントはまるで、鏡で自分を見ているような感覚に陥った。

ジェイスは唇を突き出し、顔をしかめて泣き声をあげた。クリントは息子を怖がらせたくなかったが、泣く子を放っておきたくもなかった。

「ほらほら、泣かないで」ベビーベッドの横に移動し、ジェイスを抱き上げる。優しく体を揺らしてやると、息子は数回しゃっくりをした。「お母さんがもうすぐ帰ってくるからな」

ジェイスはクリントを見つめた。目を丸くして、湿った握り拳を伸ばしてクリントの頬に触れ、よだれとおぼしきものを塗りつけた。

息子はにっこりして喉を鳴らした。口を開けた満面の笑みが、クリントの心をじんわりと温める。体を前後にゆっくりと揺らすクリントの肩に、ジェイスは頭を預けた。

僕はなんて愚かだったのだろう。こういう時間をすべて失うところだったのだ。

小さな寝息が聞こえ、ジェイスが眠りに落ちたのがわかった。クリントは息子をそっとベビーベッドに寝かせ、部屋から出ていった。

イングリッドはアパートメントのドアを押し開けた。帰宅が少し遅れてしまった。店でテイクアウトした夕食を細長いテーブルに置くと、やけに静かなことに気づいた。

「ドリス？」大きな声で呼んだが、返事はない。慌ててハンドバッグを置いた。

リビングルームに向かって歩いていると、視界の端に男性が現れ、イングリッドは小さな叫び声をあげて口を覆った。

リビングルームに立っているその人はまるで、過去からやってきた幽霊のようだった。

百八十センチ以上の長身で、黒い革のバイクジャケットにジーンズ、黒いTシャツに身を包んでいる。

十分に休養を取れているのか、以前より少しふっくらしていた。イングリッドが約一年前に寝た男性によく似ている。戦地に行ってしまった兵士だ。

「クリント？」イングリッドはやっと声を出せた。

「やあ、イングリッド」

涙が込み上げて目が痛み、体が震え始めた。「いったいどうしたの？」

「街に戻ってきたんだ」

「それはわかるけど、ここで何をしているの？」

「ジェイスに会いに来た」彼は髪を掻《か》き上げた。

「そして、君に会いに来たんだ」

イングリッドの心臓が波打った。「私に？」

クリントは前に進み出た。「そうだ。君だ」

イングリッドは一歩後じさった。「どういうことかしら」

彼は青い瞳を輝かせてにっこりした。「わからないのかい？」

「いなくなったのはあなたでしょう！」イングリッドはようやく我に返った。「行き先も言わずに姿を消したじゃないの」

「わかっている」クリントは言った。「それは後悔しているが、君だって僕の家から出ていった」

「あんなことがあったあとで、私があなたの家にいられたと思う？」

「いや。君が出ていったことは責めないよ」クリントはもう一歩前に出た。「僕は閉ざした心の奥に隠れていた。過去のつらい経験を口実にして人を寄せつけなかった。また感情を抱くのが怖かったからだ。監獄に閉じ込められていたとき、君に対して抱いていたような感情を。僕はその感情を封じ込めた。自分でも気づかないほど心の奥深いところに封じ込めてしまっていた」

イングリッドはうなずいた。「わかるわ。私は収監されてはいないけれど、感情を抱いてはいけない、つねに冷静でいろと言われて育ったの。だから妊娠して感情を制御できなくなったとき、どうしたらいいかわからなかった。あまりに長いあいだ、感情を抑え込んでいると……」

「爆発してしまう」クリントはほほ笑んだ。「君とジェイスが恋しかったし、失ってしまった日々を後悔している」

イングリッドはこぼれ落ちそうな涙をすばやく拭った。「あなた、家族に会いに行ったのよね」

「ああ。先週、母が来ただろう？」

「ええ！　警告してくれてありがとう」

クリントはくすくす笑った。「僕も母が到着してから知らされたんだ。驚かせてすまなかった」

イングリッドはほほ笑んだ。「お母様は優しかったわ」

「母に言われたよ。僕は間抜けだって」

「そうなの？　ますます彼女が好きになったわ」

二人とも笑い声をあげた。

「それで、ジェイスの父親になるためにここへ来たの？」イングリッドは声に期待をこめすぎないようにした。クリントを怯《おび》えさせたくなかった。いまの彼が好きだし、彼に立ち直ってほしかった。彼に心を閉じてほしくなかった。ジェイスには父親がいてしかるべきだ。

「君が構わないなら」

「もちろん構わないわ。私は決して、息子から父親を奪ったりしない」

「僕が戻ったのはジェイスのためだけじゃない」

クリントは二人の間の距離を縮めた。イングリッドは彼を見上げながら、自分の膝ががくがく震えているのに気づいた。彼のつけている香水が漂ってきて、体が熱くなる。

彼は手を伸ばしてイングリッドに触れた。親指の腹で優しく頬を撫《な》でられ、イングリッドの体中に情熱がほとばしった。

「君のために戻ってきたんだ」

「本当に？」涙が頬を伝った。「私……どうしたらいいのか……」

「イングリッド。僕が君の愛に値しないことはわかっている。でも僕は君を愛している。僕が一緒にいたいのは君だけだ。君が愛してくれなくても僕は責めないよ。だって僕は長いあいだ、心から君を締め出していたから。でも、君に対する僕の気持ちを知ってほしい。君なしでは生きていけないし、君を僕の人生に取り戻せるなら、いつまでだって待つよ」

彼は私を捨てたんじゃなかった。

イングリッドはこらえきれず泣き出した。感情があふれ、激しく泣きじゃくる。

クリントは彼女を抱き寄せた。「いいんだよ。大丈夫だ」

イングリッドは首を振って彼の腕から抜け出した。

「いいえ、大丈夫じゃないわ」

「言っただろう。君が望まないなら僕は――」

「黙ってちょうだい。私もあなたを愛しているわ」

クリントの瞳が輝いた。「そうなのか？」

「ええ。一度、あなたに気持ちを伝えようと牧場に行ったの。でも、あなたはいなくなっていた。クリント、愛しているわ。あなただけを愛している。この気持ちは抑えられない。愛しているわ、これからもずっと」

それ以上言う前に、イングリッドはクリントの胸に押し当てられ、彼の唇に唇をふさがれていた。魂を焦がすような情熱的なキスだった。

これが欲しくないなんて、どうして思えたのだろう？　ジェイスとクリントこそが、私の人生で最も大切なものだ。

クリントなしでは生きていけない。

キスが終わると、クリントはイングリッドをしっかりと抱きしめた。イングリッドは、これはすべて夢なんじゃないかと思いながら彼にしがみついた。

「それで、荷造りにはどれくらいかかると思う？　退去することをフィロミナに前もって伝えないとだめかな？」

　イングリッドは小さく笑った。「荷造りにはそれほど時間はかからないわ。ベビーベッド以外の家具はすべてランチハウスにあるから」

　クリントはにやりと笑った。「よかった。荷造りしてくれ。今夜、君とジェイスを連れて帰るから」

「フィルはなんて言うかしらね？　私、血で賃貸契約書にサインしたのに」イングリッドはウインクした。

　クリントは笑い、イングリッドの体を引き寄せた。

「イングリッド。明日、結婚しよう」彼はもう一度イングリッドにキスしようと身を乗り出したが、ほかの部屋から泣き声が聞こえてきて動きをとめた。

「ジェイスが君に会いたがっているようだ、ドクター・ウォルトン。よい知らせを息子に伝えに行こうか？」

「あの子は理解できないと思うわ」

「でも、伝えに行こうか？」

　イングリッドはにっこり笑った。「そうしましょう、ドクター・アレン」

　イングリッドとクリントは手を繋いでジェイスの部屋に行き、二人で息子を抱っこした。そして荷造りをした。荷造りをして彼の家に行くのはこれで二度目だ。

　でも、今回が最後になるだろう。彼との生活は永遠に続いていく。なぜなら、この愛が永遠に続くことを知っているから。こんなふうに誰かを愛するのは一度きりだから。

　私は永遠に彼を愛するわ。

ハーレクイン®

愛を宿したよるべなき聖母

2025年5月5日発行

著　　者　エイミー・ラッタン
訳　　者　松島なお子（まつしま　なおこ）

発 行 人　鈴木幸辰
発 行 所　株式会社ハーパーコリンズ・ジャパン
東京都千代田区大手町 1-5-1
電話 04-2951-2000（注文）
0570-008091（読者ｻｰﾋﾞｽ係）

印刷・製本　中央精版印刷株式会社

表紙写真　© Famveldman | Dreamstime.com

造本には十分注意しておりますが、乱丁（ページ順序の間違い）・落丁（本文の一部抜け落ち）がありました場合は、お取り替えいたします。ご面倒ですが、購入された書店名を明記の上、小社読者サービス係宛ご送付ください。送料小社負担にてお取り替えいたします。ただし、古書店で購入されたものについてはお取り替えできません。®とTMがついているものは Harlequin Enterprises ULC の登録商標です。

この書籍の本文は環境対応型の植物油インクを使用して印刷しています。

Printed in Japan © K.K. HarperCollins Japan 2025

ISBN978-4-596-72801-2 C0297

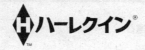

ハーレクイン・シリーズ 5月5日刊 発売中

ハーレクイン・ロマンス
愛の激しさを知る

大富豪の完璧な花嫁選び	アビー・グリーン／加納亜依 訳	R-3965
富豪と別れるまでの九カ月 《純潔のシンデレラ》	ジュリア・ジェイムズ／久保奈緒実 訳	R-3966
愛という名の足枷 《伝説の名作選》	アン・メイザー／深山　咲 訳	R-3967
秘書の報われぬ夢 《伝説の名作選》	キム・ローレンス／茅野久枝 訳	R-3968

ハーレクイン・イマージュ
ピュアな思いに満たされる

愛を宿したよるべなき聖母	エイミー・ラッタン／松島なお子 訳	I-2849
結婚代理人 《至福の名作選》	イザベル・ディックス／三好陽子 訳	I-2850

ハーレクイン・マスターピース
世界に愛された作家たち
～永久不滅の銘作コレクション～

伯爵家の呪い 《キャロル・モーティマー・コレクション》	キャロル・モーティマー／水月　遙 訳	MP-117

ハーレクイン・ヒストリカル・スペシャル
華やかなりし時代へ誘う

小さな尼僧とバイキングの恋	ルーシー・モリス／高山　恵 訳	PHS-350
仮面舞踏会は公爵と	ジョアンナ・メイトランド／江田さだえ 訳	PHS-351

ハーレクイン・プレゼンツ作家シリーズ別冊
魅惑のテーマが光る
極上セレクション

捨てられた令嬢 《ハーレクイン・ロマンス・タイムマシン》	エッシー・サマーズ／堺谷ますみ 訳	PB-408

※予告なく発売日・刊行タイトルが変更になる場合がございます。ご了承ください。

5月14日発売 ハーレクイン・シリーズ 5月20日刊

ハーレクイン・ロマンス

愛の激しさを知る

赤毛の身代わりシンデレラ　リン・グレアム／西江璃子 訳　R-3969

乙女が宿した真夏の夜の夢
〈大富豪の花嫁にⅡ〉　ジャッキー・アシェンデン／雪美月志音 訳　R-3970

拾われた男装の花嫁
《伝説の名作選》　メイシー・イエーツ／藤村華奈美 訳　R-3971

夫を忘れた花嫁
《伝説の名作選》　ケイ・ソープ／深山　咲 訳　R-3972

ハーレクイン・イマージュ

ピュアな思いに満たされる

あの夜の授かりもの　トレイシー・ダグラス／知花　凜 訳　I-2851

睡蓮のささやき
《至福の名作選》　ヴァイオレット・ウィンズピア／松本果蓮 訳　I-2852

ハーレクイン・マスターピース

世界に愛された作家たち
～永久不滅の銘作コレクション～

涙色のほほえみ
《ベティ・ニールズ・コレクション》　ベティ・ニールズ／水月　遙 訳　MP-118

ハーレクイン・プレゼンツ作家シリーズ別冊

魅惑のテーマが光る
極上セレクション

狙われた無垢な薔薇
《リン・グレアム・ベスト・セレクション》　リン・グレアム／朝戸まり 訳　PB-409

ハーレクイン・スペシャル・アンソロジー

小さな愛のドラマを花束にして…

秘密の天使を抱いて
《スター作家傑作選》　ダイアナ・パーマー 他／琴葉かいら 他 訳　HPA-70

文庫サイズ作品のご案内

◆ハーレクイン文庫……………毎月1日刊行
◆ハーレクインSP文庫…………毎月15日刊行
◆mirabooks……………………毎月15日刊行

※文庫コーナーでお求めください。

“ハーレクイン”の話題の文庫
毎月4点刊行、お手ごろ文庫！

4月刊
好評発売中！

ダイアナ・パーマー傑作選
第2弾！

『あなたにすべてを』
ダイアナ・パーマー

仕事のために、ガビーは憧れの上司J・Dと恋人のふりをすることになった。指一本触れない約束だったのに甘いキスをされて、彼女は胸の高鳴りを抑えられない。

(新書 初版：L-764)

『ばら咲く季節に』
ベティ・ニールズ

フローレンスは、フィッツギボン医師のもとで働き始める。堅物のフィッツギボンに惹かれていくが、彼はまるで無関心。ところがある日、食事に誘われて…。

(新書 初版：R-1059)

『昨日の影』
ヘレン・ビアンチン

ナタリーは実業家ライアンと電撃結婚するが、幸せは長く続かなかった。別離から3年後、父の医療費の援助を頼むと、夫は代わりに娘と、彼女の体を求めて…。

(新書 初版：R-411)

『愛のアルバム』
シャーロット・ラム

19歳の夏、突然、恋人フレーザーが親友と結婚してしまった。それから8年、親友が溺死したという悲報がニコルの元に届き、哀しい秘密がひもとかれてゆく。

(新書 初版：R-424)

※ハーレクインSP文庫は文庫コーナーでお求めください。